KB026729

'신입생 여러분,

인재의 요람 두성고에 오신 것을

환영합니다!'

모범생의 √생존법

황영미 ∞ 장편소설

문학동네

1. 이름이 불려도 당황하지 않기

나는 기적을 믿지 않는다. 인생이 정직하게 굴러간다고 생각지도 않지만. 그러나 기적이 아니라면 이 상황을 어떻게 설명하지?

하림이가 내 이름을 불렀단 말이다.

"준호야, 잠깐만!"

이렇게.

용건이 있으니까 말을 걸었겠지. 그럼 나는 다정한 목소리로 이렇게 대답하면 된다. 왜? 무슨 일이야, 하림아?

그런데,

"어, 엉?"

이렇게 대답해 버렸다. 목소리가 터무니없이 컸다.

이런 일은 상상해 본 적도 없다. 말 한 번 섞어 본 적 없는 여자애가 내 이름을 부르는 일. 그것도 성을 뺀 채 이름만. 게다가 조하림이. 더구나 이 야밤에.

저쪽 현관으로 아이들이 우르르 나오는 게 보였다. 하지만 자전거 거치대 앞에는 하림이와 나 둘뿐이다.

"너 토요일에 뭐 해? 토요일에도 정독실 가?"

불을 끄지 않은 교실이 많아서 하림이의 큰 눈이 잘 보였다.

"토요일에 뭐 하냐고? 정독실?"

멍청이 같은 내 입은 하림이의 질문을 따라 하고 있었다. 하림이가 뭘 묻는지 알 수가 없었다. 내 토요일 일정을 묻는 건가? 그걸 왜?

"그러니까, 토요일에 정독실 안 가도 되냐고."

"그거야 뭐, 안 가도 되지. 근데 왜?"

"안 가도 되면 그날 나랑 만날래?"

내가 지금 제대로 들은 게 맞나? 갑자기 온몸이 찌릿했다. 내 몸이라는 플러그를 콘센트에 꽂은 것 같았다. 호흡이 가빠 왔다.

"다, 당연히 되지. 어디서? 며, 몇 시에?"

내가 허둥대자 하림이가 웃었다. 하림이의 희고 고른 치열이 눈에 들어왔다. 머리가 어지러웠다.

그다음부턴 제정신이 아니었다. 하림이와 나는 전화번호를 교환했고, 약속 시간과 장소도 정했다. 잠시 후 내가 기다리고 있던 건우가 다가왔고, 하림이와는 손을 흔들며 그 자리에서 헤어졌다.

자전거를 끌고 건우와 교문을 나섰다. 학교 앞은 야간자율학습을 끝내고 나온 애들로 북적였다. 건우는 나오는 길 내내 투덜거렸는데, 귀담아듣지는 않았다. 정독실에 들어가지 못한 건우는 요즘 약간 주눅 들어 있는 상태고, 불평도 늘었다. "야, 정독실 진짜 불편해. 들어가면 얼마나 숨이 막히는데."라고 말해 주고 싶었지만, 그 말이 건우를 더 속상하게 할까 봐 그만두었다. 조금 전 하림이와 있었던 일에 대해서도 말하지 못했다. 건우가 쉬지 않고 말하는 통에 타이밍을 놓쳤다.

건우와 버스 정류장에서 헤어졌다. 건우는 걸어서 15분, 버스로 한 정류장 떨어진 아파트에 산다. 나는 자전거를 타고 집으로 왔다. 빌라 앞에 자전거를 세우고, 계단을 올라 201호 비밀번호를 눌렀다.

"다녀왔습니다!"

거실에서 게임을 하던 삼촌이 고개도 돌리지 않은 채 소리쳤다.

"잉? 웬 존댓말?"

나는 대답하지 않고 욕실로 향했다. 재빠르게 손을 씻고 방으로 들어와 가방을 아무렇게나 던져 놓고는 침대에 대자로 누웠다. 그때부터 많은 생각들이 쓰나미처럼 밀려왔다. 무슨 일이 일어난 거지? 이거 현실 맞아?

현실 맞다. 그사이 하림이한테서 '토요일에 보자'라는 확인 톡이 와 있었으니까.

조하림이 누군가? 중학교 때 길거리 캐스팅으로 연습생이 되었던 아이다. 한 달도 못 가 그만두긴 했지만. 하림이한테 접근한 기획사가 알고 보니 연기 학원을 겸하던 곳이었는데, 단역 외의 드라마 배역을 보장받을 수 없었고 기나긴 연습생 생활을 이어갈 자신도 없었다고 한다. 어쨌든 이 일화가 알려지면서 하림이는 나의 모교 시민중학교에서 준연예인 대접을 받았다.

들떠서 잠이 오지 않았다. 침대에 누워 이리 뒹굴, 저리 뒹굴하면서 휴대폰만 들여다보았다. 그러다 조하림의 SNS에 들어가 보았다. 프로필 바이오에는 이렇게 쓰어 있었다.

두성고 입학, 설렘, 희망.

하림이가 올려 둔 사진들도 죽 훑었다. 하늘 사진이랑 강아지 사진, 셀카 몇 장이 있었다. SNS를 열심히 하는 편은 아닌 것 같은데, 팔로워 수나 사진당 '좋아요' 수는 엄청났다.

그때 휴대폰이 부르르 떨리면서 톡이 왔다.

- 뭐 해? 자냐?

건우였다. 나는 냉큼 전화를 걸었다.

"이 시간에 자다니! 그럴 리가!"

나는 큰 소리로 외쳤다. 해바라기 모양 벽시계가 한 시 오 분을 지나고 있었다.

"기분이 좋아 보인다. 무슨 일 있냐?"

전화 너머에서 건우가 심드렁하게 말했다.

"나한테 무슨 일 있는 거 같아? 응? 건우야, 알아맞혀 봐."

"싫은데? 그걸 내가 왜 맞혀야 하는데?"

"그럼 나한테 왜 톡 보냈어?"

"그러게, 매사에 총명하고 영특하신 김건우 님이 왜 너한테 톡을 보냈을까요? 너나 알아맞혀 보세요."

"야, 나도 싫거든? 안 맞힐 거니까 그냥 말해."

"아니, 자려고 누웠는데 갑자기 딱! 그 장면이 떠오르는 거야. 너랑 조하림이랑 둘이 서 있던 거 말이야. 내가 헛것 본 거 아니지? 너 아까 조하림이랑 무슨 얘기 했어? 1초도 머리 굴리지 말고 즉시 불어."

친애하는 나의 친구, 김건우야! 참 빨리도 물어본다. 그 장면이 이제야 생각났어?

나는 신속하게 상황을 보고했다. 하림이가 나에게 말을 걸었고, 토요일에 만나기로 했다고.

"야! 그걸 왜 이제야 얘기해?"

건우가 소리를 빽 질렀다. 나는 괜히 기분이 좋아서 킥킥 웃었다.

건우와 나는 공통점이 많다. 우리 둘 다 모태솔로이고, '자만

추'파다. 자만추란 자연스러운 만남을 추구한다는 말이다. 소개
팅이나 SNS에서 사진 보고 DM 보내는 인위적인 만남도 괜찮다
는 '인만추', 가리지 않고 아무나 만난다는 '아만추'는 우리와 맞
지 않았다. 건우와 나는 모태솔로로 살지언정 자만추 정신은 버
리지 않기로 약속했다.

"잠깐. 하림이가 나한테 만나자고 한 건 인만추 아닌가? 나랑
걔랑 연결고리는 시민중 출신이라는 거밖에 없는데."

"아닐걸. 그런 거까지 인만추라고 하면 자만추는 설 자리가 없
잖아. 그 정도는 광범위한 자만추에 들어간다고 보는 게 맞아."

들뜬 내 기분이 전염된 건지 건우 목소리도 유쾌했다.

새벽 두 시가 넘어서야 통화를 끝냈다. 침대에 누워 건우가 한
말을 곱씹어 보았다.

"오버하지 않도록 조심해. 조하림이 너한테 고백한 것도 아니잖
아. 중학교 동창으로서 그냥 만나자고 한 걸 수도 있어."

실없는 농담만 늘어놓는 것 같아도, 역시 내 베스트프렌드다.
건우가 이 말을 하지 않았더라면, 나는 밤새 김칫국을 사발로 들
이켜고 있었을 거다.

"그럼 진짜 그냥 만나자고 한 걸까? 왜?"

"어쨌든 싫은 애한테 만나자고 하진 않겠지. 하림이가 원래 너
한테 호감이 좀 있었을걸?"

나는 침대에서 벌떡 일어났다. 이 대목에서 내가 뭐라고 했더라?

"그렇지. 내가 좀 사람들한테 호감을 주는 편이지."

그때 건우한테 더 물어볼 걸 그랬다. 하림이가 나한테 호감이 있었다는 게 무슨 말인지. 건우는 무슨 근거로 그런 말을 했는지. 혹시 하림이가 그런 말을 한 적이 있나? 그런데 나는 왜 몰랐지?

결국 한숨도 못 잤다. 그런데도 기분은 산뜻했고, 몸도 가벼웠다.

삼촌이 만들어 놓고 간 토스트를 아침으로 먹고 학교로 향했다. 자전거는 놔두고 나왔다. 오늘은 걷고 싶었다.

주택가 골목을 빠져나와 아파트 단지가 있는 큰길로 접어들었다. 3월 초라 그런지 패딩 점퍼를 입었는데도 약간 쌀쌀했다. 버스와 자동차 들이 이른 아침을 뚫고 씽씽 지나갔다.

나의 두 다리로 걷고 있는 현실로 돌아오자, 들뜬 마음도 가라앉았다. 차분히 다시 떠올려 보았다. 건우가 했던 말 중에 내가 미처 몰랐던 두 가지 이야기.

첫 번째, 조하림은 내가 생각했던 것만큼 인기가 많지 않다는 거였다.

"왜? 성격이 안 좋아?"

"뭐, 성격이라기보다. 걔, 중학교 때 프로아나였잖아. 그 정도면 좀…… 무섭지."

"프로아나? 그게 뭔데?"

내가 물었다.

같은 중학교 출신이긴 하지만, 나는 하림이가 예뻐서 유명하다는 거 말고는 아는 게 없었다. 하긴, 그때 나는 다른 아이를 짝사랑하고 있었으니까. 그 아이 외에는 하림이고 누구고 관심이 없었다.

건우가 '프로아나'와 '개말라'에 대해 설명해 주었다. 하지만 다이어트야 많이들 하는 거고, 하림이가 그 정도로 마른 거 같지도 않았다. 그냥 말 만들기 좋아하는 아이들의 모함이겠지.

두 번째는 놀랍게도 나에 관한 거였다.

"너 좋아하는 애들이 꽤 되는데, 몰랐어? 소리 소문 없이 인기 많은 애들 있잖아. 준호 네가 그런 스타일."

"엥? 전혀 몰랐어. 나만 모르는 건가?"

"응. 너만 몰라. 너 원래 눈치가 없잖아. 애들이 너 웹드 주인공이랑 비슷하대. 뭐, 못생겨도 드라마 주인공 할 순 있지."

왜인지 짐작은 갔다. 좀 쓸쓸하긴 하지만.

초록불이 들어와서 횡단보도를 건넜다. 분주한 거리, 이른 등교를 하는 아이들이 총총히 교문으로 향하고 있었다. 부모님의 자동차에서 내리는 아이도 꽤 있었다. 교문 위에서 현수막이 바람에 펄럭였다.

'인재의 요람 두성고에 오신 것을 환영합니다!'

인재의 요람? 다시 봐도 참 고색창연한 말이었다.

지난주에 나는 입학식 단상에 올라 신입생 대표 선서를 했다. 내가 두성고에 수석으로 입학했다는 소리다.

"야, 누가 의사 아들 아니랄까 봐! 나중에 뭐가 되려고 그러냐?"

"뭐가 되긴? 어른이 되는 거지."

나는 이렇게 대답하며 삼촌의 팔을 툭 쳤다.

"너, 막 스티브 잡스나 오바마처럼 되는 거 아니야? 형도, 그러니까 너희 아빠도 공부는 잘했지만 전교 1등 한 적은 없거든."

"삼촌, 느끼한 거 많이 먹었지? 그래서 자꾸 김칫국 마시는 거지?"

건우가 말한 '웹드 주인공 같은' 면은 아마 나의 이런 부분들을 두고 한 말일 거다. 의사 아빠를 둔 모범생. 특별히 모나지 않은 사회성과 외모……. 하지만 그건 겉으로 드러난 나일 뿐이다. 그런 나를 좋아하는 아이들이 있다면, 그 대상은 진짜 내가 아니다. 자기가 상상한, 자신이 바라는 이미지를 좋아하는 거지.

사실 우리 아빠는 남들이 그다지 부러워하지 않는 의사다. 아빠는 대학 시절 의료봉사 동아리에서 만난 친구들과 함께 병원을 세우고 그곳에서 일했다. 돈 많이 버는 의사하고는 거리가 멀었다. 노숙자들을 찾아다니며 무료로 진료해 주고, 심지어는 내전 지역으로 의료봉사를 간 적도 있다.

엄마는 아빠가 봉사 중독이라고 했다. 아빠가 남들한테 좋은 일을 하러 다니는 동안 엄마는 이순신 장군처럼 집안을 지켰다. 엄마는 내가 유치원 다닐 때부터 학습지 교사, 학원 강사 등 안 해 본 일이 없다.

친구들이나 주위 사람들은 우리 아빠를 TV나 영화에 나오는 의사처럼 생각하곤 했다. 부와 명예를 다 거머쥔. "우리 아빠는 돈 많이 못 벌어." 이런 말을 한 적도 있었는데, 친구들은 내 말을 못 알아듣는 것 같았다.

내가 아빠를 존경했던가? 모르겠다. 나에게는 아빠를 미워할 틈도 없었다. 집에 있을 때가 드문 아빠를 늘 그리워했으니까.

아빠는 자신의 인생을 후회하지도, 그렇다고 자랑스러워하지도 않았다. 그저 본인이 할 수 있는 일을 했을 뿐이라고 여기는 것 같았다. 다만, 아빠는 나만은 무난하게 살기를 바랐다.

"평일에는 무리하지 않으면서 일하고, 주말에는 축구도 보고

콘서트도 가고, 즐기며 살아. 다른 사람에게 헌신하는 것도 중요하지만, 그만큼 자신을 돌보는 것도 중요한 거더라."

아빠가 내게 이런 말을 하기 시작한 건 암 진단을 받은 후부터다. 아빠는 대장암 3기 투병 중이다. 작년에 수술을 받았고, 지금은 충청도에서 지내며 항암 치료를 받고 있다. 처음에 아빠는 수술받으면 괜찮다면서 계속 일을 하겠다고 우겼는데, 엄마가 겨우 설득했다. 일은 쉬고, 이참에 오랫동안 꿈꾸던 귀촌 생활을 하는 건 어떻겠냐면서.

이사를 결정하면서 몇 차례 가족회의가 있었다. 아빠는 혼자 가겠다고 했다. 한 명은 남아서 나를 챙겨야 한다는 거였다. 그때는 내가 단호하게 엄마 등을 떠밀었다. 챙겨 줄 사람이 필요한 건 내가 아니라 아빠라고, 나는 내가 알아서 잘 챙길 테니 걱정 말라고.

결국 엄마는 일을 그만두고 아빠와 함께 이사 갔다. 두 분은 강이 내려다보이는 평화로운 동네에서 텃밭 농사도 짓고, 장 담그는 이웃도 돕고, 깨도 볶으면서 신혼부부처럼 살고 있다.

나는 혼자 남겨졌다. 아니다. 삼촌이 있다. 삼촌은 나를 위해 두 성고 근처 투룸 빌라로 이사 왔다. 우리는 서로 소 닭 쳐다보듯 하며 아주 잘 지내고 있다.

두성고 반경 2킬로미터 내에는 작은 호수와 도서관, 청설모가 뛰어다니는 공원이 있다. 이런 좋은 환경에다 탁월한 대입 실적 때문에 두성고는 다들 가고 싶어 하는 명문고로 통했다. 두성고로 입학이 결정되었을 때 건우와 나는 얼마나 좋았던지 한나절이나 거리를 싸돌아다녔다.

그런데 그날 기억은 이제 까마득한 과거가 되었다. 입학 첫날 알아 버린 것이다. 이 학교의 명성이 그냥 생긴 게 아니라는 걸.

신입생 안내문에 입학 즉시 야간자율학습을 실시한다고 적혀 있었지만 설마하니 그럴까 싶었다. 그런데 그 안일한 설마가 나의 뒷덜미를 잡았다. 입학식 날 아침부터 정독실 명단을 발표하더니, 당장 그날 야자부터 적용된다고 했다. 대충 입학식만 하고 귀가할 거라는 예상은 단칼에 날아갔다.

신입생의 설렘과 기대도 깔끔하게 증발되었다. 교실에서, 화장실에서, '장종환'이라는 이름이 여러 번 들려왔다. 몇 반의 누구이길래 아이들이 자꾸 얘기하나 싶었는데, 두성고 시험문제를 정확히 예측한다고 소문난 고액 과외 선생이라고 했다. 그 사람한테 과외를 받으려면 초등학교 때부터 대기표를 받아야 한다는 것이다.

"야, 걱정이다. 우리 반에 일타 강사 현강 듣는다고 야자 신청 안 한 애들도 있더라고. 지난 일주일 동안 미드 아홉 개 정주행 제대로 해 주신 난 뭐냐?"

건우가 말했다. 같은 중학교 나온 애들끼리 점심을 먹던 중이었다.

갑자기 돈가스가 목에 컥 걸렸다. 다들 비슷한 심정이었는지 불안한 표정으로 서로를 쳐다보았다.

"난 지난주 내내 방구석에 처박혀 게임 만렙 달성했다네."

"우린 스타 피시방에서 살았어. 나 아는 형이 거기 알바거든. 우리 가면 엄청 잘해 줘."

"근데 현강이 뭐냐?"

"야! 대한민국 고딩이 현강도 모르냐? 인강 반대말!"

"얘가 몰라서 묻겠냐? 일타 강사 현강 소리 들으니 멘붕 와서 헛소리 시전 중이잖아."

"근데 야자에 애들 적으면 좋은 거 아냐? 감독도 제대로 안 할 건데, 째기 좋잖아."

낄낄거리며 중구난방 떠들었지만, 다들 표정이 씁쓸했다. 건우는 밥맛이 없다며 숟가락을 내려놓더니 말했다.

"원래 두성고는 두성중 출신들이 상위권을 꽉 잡고 있대. 시민중은 두성중한테 밀려서 쪽도 못 쓰나 봐. 학교에서도 두성중 나온 애들을 더 밀어줘서, 시민중 선배들 중에 대학 잘 간 사람은 손에 꼽을 정도래."

"어쩐지, 잘난 척 오지더라니. 아우, 첫날부터 나 헤어스타일 이상하다고 꼽 주던 자식들 있었는데, 그리고 보니 걔들 다 두성중 애들이야."

"너, 머리 이상하긴 해. 미용실 바꿔."

"그래도 우리 시민중의 자랑 준호가 톱 찍었으니 선방했잖아. 방준호! 계속 달려! 기죽지 말고."

건우가 나의 어깨를 툭툭 치며 말했다.

오후엔 두성고등학교 수돗물에 사람을 미치게 만드는 성분이 있다는 전설을 들었다. 야자 때마다 홀연히 사라지는 전교 1등이 알고 봤더니 옥상에서 발가벗고 춤을 추었다거나, 여신으로 통하던 학생이 흙을 파먹는 엽기적인 식성을 가졌다더라, 하는 식의 밑도 끝도 없는 풍문이 그 증거라고. 두성고에만 오면 최소 또라이 아님 소시오패스 혹은 찌질대마왕으로 변하는 게 우연이 아니라고 했다.

수상하고 불안한 기운이 나를 둘러싸는 것만 같았다. 두려웠다. 괴상한 전설 따위를 믿어서가 아니었다.

야자를 신청하지 않은 아이들은 수업이 끝나자 부리나케 교실을 떠났다. 교문 앞에는 그 아이들을 픽업하러 온 차들이 기다리고 있었다. 그 자동차들은 어디로 갈까? 학원? 아님 고액 과외?

배치고사에선 다른 아이들이 실수를 한 게 분명하다. 그래서 어쩌다 보니 내가 1등이 된 거고. 아마 다음 시험에서는…….

건우와의 사이가 묘하게 어색해진 것도 입학 첫날부터였다. 우리는 함께 등하교를 하고 평소처럼 이야기를 나누지만 언뜻언뜻 건우가 날 어색하게 대하는 게 느껴진다. 나는 그 이유를 잘 알고 있다. 그렇다고 해결 방법이 있는 건 아니지만.

입학식이 끝나자마자 진학부장이 불러 준 서른 명의 이름 중엔 내 이름도 있었다. 정독실에 들어갈 명단이었다. 정독실은 24시간 돌아가는 공기청정기에 값비싼 조명, 인체공학적으로 디자인된 의자를 갖춘 최상의 자습실이라고 했다. 이곳에 들어갈 신입생 서른 명이 배치고사 성적순으로 선발된 것이다.

"이름 안 불렸는데 정독실에 들어가고 싶은 학생이 있으면 지원서 양식 다운받아 작성해서 제출하도록."

진학부장인 1반 담임이 이렇게 덧붙였다. 어떤 아이가 알려 주었다. 교육청 학생인권위에 누가 고발이라도 할까 봐 마련해 놓은 장치라고. 누구든 들어갈 수 있다는 여지를 준 거지만, 정독실이 생긴 이래 지원서를 낸 학생은 한 명도 없다고 했다.

야자 시간이 되어 정독실에 갈 준비를 했다. 가방을 싸 들고 교실을 나서는데 남은 아이들이 흘끔대는 게 느껴졌다.

정독실에 들어설 때 진학부장이 한 아이를 붙들고 말하는 걸 들었다.

"넌 운이 좋은 줄 알아. 학원 다닌다고 빠진 애들이 있어서 너까지 된 거야. 하여간 네가 문 닫고 들어온 거니까 안 쫓겨나려면 열심히 해."

정독실이 이런 곳이다. 운 좋게 들어오든 당당하게 들어오든 성적이 떨어지는 순간 짐을 싸야 한다. 3월 모의고사를 못 보면 나도 쫓겨날 수 있다. 정독실 멤버는 3월 모의고사와 중간고사 성적을 합산한 결과에 따라 한 번, 6월 모의고사와 기말 성적에 따라 또 한 번 교체된다.

정독실에 들어서면 기분이 이상해졌다. 여기서 절대 나가지 않겠다는, 어떻게든 내 자리를 지키겠다는 결의는 가득한데, 불안감 때문인지 공부가 잘 안됐다. 답답했다. 옆자리에 앉은 아이의 숨소리에도 신경이 곤두섰다.

성적이 되어도 정독실에 안 들어가는 아이들도 있다. 나랑 유치원, 초등학교 동창인 2반의 민병서가 그런 경우다. 수업이 끝나면 곧장 과외를 받으러 간다고 했다. 하지만 대부분의 아이들은 정독실을 동경했고, 턱걸이로라도 들어가고 싶어 했다.

건우는 몇 등이었을까? 짐작건대 아슬아슬하게 못 들어갔을 거다. 첫 야자를 끝내고 나왔을 때 건우는 나를 기다리고 있었다. 1초의 침묵도 못 견디는 건우가 그날은 교문을 나올 때까지 한 마디도 하지 않았다.

'건우가 모의고사랑 중간고사를 잘 봐야 해. 그래서 정독실에 들어와야 해. 그럼 우리가 나란히 앉아 함께 공부할 수 있어.'

이런 마음으로 정독실에서 버티고 있지만…… 그때까지 내가 이곳에 붙어 있으리라고 장담할 수 있을까?

아빠가 암 투병을 시작한 이후 우리 집은 눈에 띄게 어려워졌다. 수입은 없는데, 지출만 늘어난 것이다. 할머니 요양병원비에 아빠 치료비까지. 나는 부모님한테 학원에 안 다녀도 괜찮을 것 같다고 말했다. 이런 내가 고액 과외나 일타 강사 강의를 듣는 아이들과 경쟁이 될까?

이런 와중에 하림이가 나에게 말을 걸어온 것이다. 온갖 고민으로 쩍쩍 갈라져 가던 나에게 그것은 한 줄기 생명수였다. 나는 고교 시절이 내내 비루하고 끔찍하고 고달플 거라고 각오했었다. 그런데 어쩌면 천국이 될지도 모른다는 생각마저 들었다.

2. 강풍을 대비하기

    밤새 창문이 덜컹거려 잠을 설쳤다. 강풍주의보가 내려졌다더니 기세가 장난이 아니었다.

    아침이 되자 바람은 잦아들었지만 왠지 겁이 나서 학교엔 걸어서 가기로 했다. 등굣길은 지저분했다. 바람에 휩쓸려 온 검은 비닐봉지, 플라스틱 그릇, 떨어진 나뭇가지 들로 거리가 어지러웠다. 아이들은 징검다리를 딛듯 그것들을 피해 걸었다. 교문을 통과해 들어간 학교는 평소와 다름없었다. 누군가 일찍 청소를 한 모양이다.

    운동장 저 끝에서 경비 아저씨가 사다리를 놓고 찢어진 축구 골망을 정비하고 있었다. 그 아래에서 한 아이가 사다리를 잡아주고 있었는데, 사다리가 커다래서 위태로워 보였다. 가서 도와야 하나? 망설이는데 누군가 내 팔을 툭 쳤다. 조하림이다. 하림이의 손이 닿은 부분이 간질간질했다.

"안녕!"

인사하는 하림이의 눈이 웃고 있었다.

"아, 안녕."

이제 무슨 말을 해야 하지?

하림이와 내가 별말 없이 다섯 발짝쯤 걸었을 때였다.

"야아! 조하림! 내가 부르는 소리 못 들었어?"

어떤 여자애가 뛰어오더니 하림이의 팔을 붙잡으며 웃었다. 하림이도 그 애를 보자마자 웃으며 방방 뛰었다. 둘이 꽤 친해 보였다. 셋이 같이 있기도 어색해서 나는 하림이한테 손 인사를 했다. 하림이도 손을 흔들었다.

나는 축구 골대 쪽으로 성큼 뛰어갔다. 내가 도착했을 때는 이미 골망 정비가 끝나고 경비 아저씨가 사다리에서 내려온 뒤였다. 내가 할 일은 없었다. 사다리라도 들어 드릴까 했더니 경비 아저씨가 "됐어, 내가 들고 가면 돼!" 하며 싱긋 웃어 주었다. 사다리를 붙잡고 있었던 아이가 내 쪽을 쳐다보았다. 도와준 것도 없이 옆에 서 있기가 조금 민망했다. 나는 괜히 창피해서 후다닥 현관으로 뛰어갔다.

곧장 교실로 갔다. 야자면 몰라도 아침 자습까지 정독실에서 하고 싶지 않았다. 교실이 더 편했다. 점심시간에는 건우와 함께 밥을 먹었다. 우리는 다른 반이지만 여전히 붙어 다닌다. 정독실에 갈 때만 빼고.

밥을 다 먹고 산책이나 할 겸 학교 뒷산을 향해 걷고 있을 때였다. 현관 쪽에서 신나는 음악 소리가 들려왔다. *Stupid stupid stupid 지금 넌 너무 멀어. 어서 와 내게 baby 무덤에서 날 꺼내 줘.*

노래에 이끌려 건우와 나는 자연스럽게 그곳으로 갔다. 노래에 맞춰 다섯 명이 춤을 추고 있었다. 아, 이게 그 '수요 스테이지'구나!

수요일 점심시간마다 중앙 현관에서 작은 공연을 하는 건 두성고의 오랜 전통이라고 했다. 학교 소개 홈페이지에 밴드부와 댄스부, 기악부 영상이 올라와 있었다. 영상 볼 때는 별 관심이 없었는데 실제로 보니 굉장히 멋있었다.

건우와 나는 스무 명 남짓한 관객 속으로 끼어들었다. 다들 손뼉을 치거나 같이 춤을 추며 호응했다. 나도 신이 나서 양팔을 든 채 손뼉을 쳤다. 모르는 곡이 나올 때도 몸치인 내 어깨가 저절로 들썩여졌다.

공연이 끝나자 여기저기서 앙코르 요청이 터져 나왔다. 나와 건우도 박수를 치며 크게 외쳤다.

그런데 자세히 보니 왼편 끝에서 춤추는 여자아이가 낯이 익었다. 누구지? 생각하다가 퍼뜩 떠올랐다. 아침에 운동장에서 경비 아저씨의 사다리를 잡아 주던 아이였다. 괜히 반가웠다.

수요일, 목요일, 금요일이 지나고 드디어 토요일 아침이 밝았다.

나는 약속 시간보다 일찍 집을 나와 전철역 5번 출구 휴대폰 매장 앞에서 하림이를 기다렸다. 내내 기분이 하늘을 뚫을 거 같았는데, 막상 약속 시간이 가까워지니 차츰 덤덤해졌다. 유리창에 비친 모습은 좀 추레했다. 경량 패딩점퍼에 작년에 산 청바지. 마땅히 입고 나올 옷이 없었다. 쇼핑할 시간도 없었다. 삼촌 옷을 빌려 입을까도 생각해 봤지만, 내내 어색해할 내 꼴을 상상하니 도저히 그럴 수 없었다.

그때 손에 들고 있는 휴대폰에 진동이 울렸다. 건우다.

"왜?"

전화를 받자마자 이렇게 말했다.

"밖인가 보네?"

"응. 왜?"

"너 동아리 어디 들 거야? 생각해 놓은 거 있어?"

"아니, 딱히. 왜?"

"거참 되게 왜왜거리네. 아, 맞다! 너 오늘 조하림 만나는구나?"

"응, 그래서 바쁘시다. 용건만 말해. 왜 전화했냐?"

"어제 밤새도록 고민했는데, 나 코어 동아리에 지원해 보려고.

같이 하자."

"그거 지원서 내일까지 제출이잖아."

"응. 그러니까 내가 아침 댓바람부터 전화했지. 코어 알지? 민병서도 지원했다더라. 벌써 경쟁률이 장난 아니야. 지원서 빡세게 써야 돼."

"알았어, 알았어. 내가 나중에 전화할게."

대답도 듣지 않고 전화를 끊었다. 저쪽 버스 정류장에서 하림이가 걸어오고 있었다. 나는 손을 흔들었다. 하림이도 손을 흔들며 천천히 내 쪽으로 걸어왔다.

한 발짝 한 발짝 하림이가 내게 가까이 오고 있다.

난생처음이다. 여자애와 단둘이 시간을 보내게 된 건. 이런 고백을 하면 당장 비말 섞인 비아냥이 수백 톤 쏟아지겠지. 넌 공부만 했구나. 어쩐지, 너드 같더라니! 열일곱 살 먹도록 대체 뭐한 거야?

뭐 하긴, 그냥 살았다. 여자친구 없어도, 그 흔한 썸 한번 탄적 없어도 잘만 살았다. 공부만 한 건 아니다. 공부도 하고, 축구도 하고, 음악도 듣고, 책도 읽고, 만화도 보고, 일기도 쓰고, 게임도 했다. 다만 유치원 졸업한 이후로 단 한 순간도 누군가를 좋아하지 않은 적은 없었다. 그렇다. 나는 짝사랑의 힘으로 인생을 견뎠다.

초등학교에 입학하는 순간 나는 깨달았다. 이 세상은 정글이고, 나는 그 정글에 내던져진 새끼 사자라는 걸. 하지만 지금은 안다. 사자도 아니라는 걸. 평생 도망만 다니는 얼룩말이라면 모를까.

초등학생이 되자 학원에 다니게 되었는데, 학원에서는 수준별로 반을 편성해 수업했다. 당연한 듯, 늘 그랬던 듯. 아이들은 무리 지어 다니기 시작했고, 만만하고 약해 보이는 아이를 귀신같이 알아채고 괴롭혔다.

나에게 성적은 그런 세계를 견디기 위한 최소한의 보험 같은 거였다. 천적으로부터 도망치기 위해 길고 튼튼한 다리를 가지고 있는 얼룩말처럼. 나에게 좋은 성적마저 없었으면 만만하고 약한 누군가를 찾는 아이들의 표적이 됐을 거다.

나는 누군가를 좋아하기 시작했다. 성적이 보험이라면, 누군가를 좋아하는 마음은 나를 살게 한 힘이고 기쁨이었다. 그 아이가 있어서 교실이 좋았고, 그 아이가 있는 학교에 가고 싶었다. 물론 그 애정이 쌍방향이 된 적은 한 번도 없지만.

하림이가 홍대에 가고 싶다고 해서 우리는 함께 전철을 탔다. 오전인데도 사람이 많았다. 하림이와 나는 나란히 서서 이런저런 이야기를 나누었다. 담임, 반장 선거, 날씨에 관한 것 등등.

주로 하림이가 말했고, 나는 가끔 맞장구를 치거나 고개를 끄덕였다.

우리는 낯선 동네에서 내렸다. 아니, 나만 낯설었다. 하림이는 예쁜 카페와 음식점, 옷 가게가 즐비한 거리를 자연스럽게 걸었다. 저쪽 공터에 버스킹을 준비하는 사람들이 있었다.

"버스킹 볼까?"

의자에 앉아 기타 튜닝을 하고 있는 뮤지션을 보며 내가 말했다. 버스킹을 보기 위해 하나둘씩 사람들이 모이기 시작했다.

"나 배고픈데?"

하림이가 공터 쪽은 보지도 않고 말했다. 버스킹이 궁금했지만 어쩔 수 없었다. 건우가 배고프다고 말했으면 "야, 이것만 좀 보자! 잠깐 참아 봐." 하고 말했을 텐데, 하림이랑은 아직 편하게 말을 못 하겠다. 뭐, 어차피 나도 출출하긴 했으니까.

우리는 한 블록 떨어진 곳에 있는 프랜차이즈 파스타집으로 갔다. 하림이가 메뉴판을 들고 물었다.

"뭐 먹을 거야?"

나는 아무거나 먹겠다고 했다. '아무거나'가 좋지 않은 데이트 매너라고 들었지만, 정말로 아무거나 상관없었다. 우리는 알리오 올리오와 빠네 파스타를 주문했다.

"있지, 나는 세상에서 제일 이해가 안 가는 게 먹방이야. 남 먹는 거 보는 게 그렇게 재미있나?"

테이블 위에 놓인 물컵을 들며 하림이가 말했다. 나지막한 목소리였는데도 우리를 힐끗힐끗 쳐다보는 사람들이 있었다. 아니, 정확히 말하면 우리가 아니고 하림이를 쳐다보는 사람들이었다.

아까부터 그랬다. 전철 안에서도 거리에서도 하림이는 사람들의 시선을 몰고 다녔다. 하림이는 그런 시선이 익숙한 듯 개의치 않는 것 같았다.

"내가 먹는 거 땜에 스트레스받아서 그렇겠지? 나, 사실은 삼겹살 한 번도 먹어 본 적 없다? 살찔까 봐."

삼겹살을 한 번도 먹어 본 적이 없다는 말에 뭐라고 대답하면 좋을지 알 수 없었다. 애매하게 고개를 끄덕이다가 괜히 건너편을 쳐다봤다. 그러다 창가 자리에 앉은 남자와 눈이 마주쳤다. 식당에 들어왔을 때부터 신경 쓰이던 사람이었다. 하림이를 힐끗 쳐다보던 사람들은 다들 시선을 거두고 각자 앞에 놓인 음식을 먹고 있는데, 그 남자는 줄곧 우리 자리를 쳐다보고 있었다. 특히 내 쪽을 더.

여기까지 오는 내내 저런 사람들이 있었다. 하림이를 쳐다본 뒤 그 옆에 있는 나를 쓱 흘겨보는. 그러고는 피식 웃는다. 왜 그러지? 잠시 생각하다 나는 곧 깨달았다. 그들이 나를 평가하고 있다는 걸.

'둘이 진짜 안 어울린다.'

'예쁜 애가 왜 저런 남자랑 다니지?'

'연예인이랑 매니저 아니야?'

'미녀와 야수 같아.'

물론 나는 야수처럼 생기지 않았다. 그렇다고 대놓고 흘끔거리는 사람들한테,

"사람을 왜 그렇게 봅니까? 너무 무례한 거 아닙니까?"

하고 따질 수도 없었다. 살면서 불특정 다수의 시선을 이렇게 많이 받아 본 날이 있었던가? 하림이와 다니며 내가 내내 위축되어 있었던 이유를 그제야 깨달았다.

그때 주문한 음식이 나왔다. 하림이가 파스타 접시를 테이블 중간에 놓았다. 각자 앞접시에 덜어 먹자고 했다.

"맛있겠다!"

포크를 들고 말하는 하림이의 눈이 반짝였다. 하림이는 포크에 면을 아주 조금씩 돌돌돌 말아 입에 넣고, 천천히 씹어 먹었다. 파스타 맛은 그저 그랬지만, 하림이가 어찌나 느리게 먹는지 내가 아주 빠르게 먹는 것처럼 보였다.

"이러다 나 혼자 다 먹겠다."

접시 바닥이 보이자 내가 말했다.

"괜찮아. 나 배불러. 역시 소울푸드 먹고 나면 휴우, 하게 된다니까."

하림이가 상체를 앞으로 내밀며 말했다. 하림이는 몸짓과 표정으로 의사를 표현할 때가 많았다. 오늘 처음 안 거다.

"파스타가 네 소울푸드야?"

"응. 근데 이렇게 먹을 수 있게 된 지 얼마 안 됐어. 나, 사실은 얼마 전까지 프로아나였거든. 이 말 들어 본 적 있어? 쉽게 말해서 죽을 만큼 다이어트한다는 거야. 그때는 내 몸에 음식이 들어가는 거 자체가 싫었어. 그래서 며칠 동안 물하고 소금만 먹은 적도 있고. 머리카락이 숭덩숭덩 막 빠지더라? 의사 선생님이 조금만 더 굶었으면 나 죽었을 거래."

"큰일 날 뻔했구나⋯⋯. 지금은 어때?"

"이젠 괜찮아. 탈프아 했거든. 사람들이 내 얼굴, 내 몸 갖고 이래라저래라 할 땐 의지력 상실할 것 같아서 좀 힘들지만."

하림이 말에 나는 고개만 끄덕였다. 건우가 했던 말이 사실이었구나. 중학교 때 하림이를 좋지 않게 보고 수군거리는 아이들이 있었다는 이야기도 덩달아 떠올랐다. 정작 하림이는 위로가 필요한 상태였던 것 같았다.

계산을 하고 나와 길거리를 걷는데, 하림이가 카페 앞에서 걸음을 멈췄다. 후식으로 음료를 사 먹자고 했다. 나는 딸기스무디를, 하림이는 아이스 레몬차를 주문했다.

우리는 빨대를 꽂은 일회용 컵을 받아 들고 천천히 전철역으로 향했다. 뭘 먹으며 다니는 게 어색하고 번거로워서 나는 후딱 음료를 다 마셔 버렸다. 그러고는 빈 컵을 들고 쓰레기통을 찾으며 걸었다.

거리에는 노랫소리가 가득했다. 아까 지나쳤던 공터에서 들려오는 노래였다. 그사이 관객이 많아졌고, 분위기도 뜨거웠다. 콘서트를 보러 갈 시간도 없는데, 조금 아쉬웠다. 하지만 하림이는 거리 공연에 별 관심이 없어 보였다.

우리는 동네 전철역에 도착해서 헤어졌다. 하림이네 교회에서 토요일마다 영어 성경 읽기 모임이 있다고 했다. 첫 데이트는 싱겁게 끝났다. 그런데 이런 게 데이트 맞나? 자만추 커뮤니티에 질문 올려 볼까? 이거 데이트 맞나요?

집에 와서 손을 씻는데, 거울에 비친 나를 보니 가관이었다. 긴장이 풀린 내 몰골은 꼭 좀비 같았다.

방으로 들어와서는 옷도 갈아입지 않고 곧장 침대에 누웠다. 피곤이 몰려왔다. 얼마나 깊이 잤던지 깨고 나니 사위가 어둑했다. 휴대폰을 보니 하림이한테서 톡이 와 있었다.

– 교회 다녀오는 길!

노을을 배경으로 찍은 하림이의 셀카도 함께였다. 예뻤다. 하림이의 프로필 사진도 바뀌어 있었다. 우리가 함께 먹었던 파스타 사진으로.

　- 사진 잘 나왔네! 오늘 즐거웠어ㅎㅎ

　- 나도ㅎㅎㅎ 내일은 뭐 해?

　- 건우랑 만나기로 했어. 동아리 때문에.

　- 나는 학교 갈 거야. 공부가 엄청 밀렸어ㅠㅠ 심심하면 연락해ㅋㅋ

　- 그래ㅋㅋ

　- 월요일에 점심 같이 먹을래?

　- 좋아!

톡은 여기서 끝났다. 건우랑 만나기로 했다는 건 거짓말이었다. 하지만 건우에게 만나자고 할 계획이긴 했다. 오전에 들은 코어 가입에 대해 이야기를 나누어야 했으니까. 생각난 김에 바로 건우한테 전화를 걸었다.

"데이트 잘했냐?"

건우가 물었다.

"그냥 뭐……. 아깐 그렇게 전화 끊어서 미안. 그런데 너 진짜 코어 들어갈 거야? 거기 빡세다던데?"

"그래? 우리 준호는 빡세지 않은 동아리에 들어가고 싶구나? 생각 없음 말아."

건우가 쿨하게 말했다.

"아니, 아니. 코어 듣고 싶어. 우리 지원서 잘 써서 꼭 합격하자."

나도 시원하게 대꾸했다. 건우가 의욕을 보이니 무조건 같이 하고 싶었다. 정독실이 미묘하게 갈라 놓은 우리 관계를 동아리가 다시 끈끈하게 만들어 줄 것 같았다.

그리고 사실 엄두가 안 났을 뿐, 나도 시사 토론 동아리 코어에 들어가고 싶었다. 코어 부원이라고 하면 어쩐지 똑똑해 보였고, 동아리 선배들의 대학 진학 실적도 대단했다. 그래서인지 동아리 가입 절차는 까다롭고 경쟁률도 높았다.

코어 가입을 위해선 배치고사 성적표와 자기소개서 그리고 독후감 한 편을 제출해야 했다. 올해 선정 도서는 마이클 샌델의 『정의란 무엇인가』와 올더스 헉슬리의 『멋진 신세계』, 제임스 왓슨의 『이중 나선』이었다.

"아, 근데 이런 책을 읽고 독후감을 내라고? 대학생 과제도 아니고."

"어차피 오려 붙이기야. 야! 이제 막 중학교 졸업한 애들이 뭘 알겠어? 그냥 대강 아는 체하면서 쓰는 거지. 그리고 이걸 평가하는 선배들은 뭐, 그 어려운 책을 제대로 알겠냐?"

"선배들은 잘 알 거 같은데? 그리고 고액 논술 학원 다니는 애들 많다며. 그런 애들은 잘 쓰지 않을까?"

"하긴, 비싼 돈 처발라서 괜히 학원 다니겠어. 그렇다고 기죽을 우리가 아니지. 야, 방준호. 나만 믿어. 내가 누구냐? 네가 존경하고 사랑하는 베프 아니냐. 그리고 나 중학교 때 책 다 읽지도 않고 독후감 썼는데 상 받은 적 있잖아. 이럴 땐 우리의 집단 지성을 이용하는 거야! 내일 만나서 다 해치워 버리자고."

건우가 큰소리를 뻥뻥 쳤다. 역시 김건우. 건우 말을 듣고 있으면 나도 모르게 자신감이 차오른다. 정독실 떨어진 거 때문에 살짝 기죽었지만, 그렇다고 유쾌함을 저버릴 건우가 아니다.

김건우는 중학생 때 학교에서 체육복만 입고 다녔다.

"너, 왜 교복 안 입었어?"

선생님이 이렇게 물으면 건우는 대답했다.

"오늘 체육인데요. 갈아입기 귀찮아서요."

건우가 능청스럽게 둘러대면 선생님들도 그냥 웃어넘겼다. 유쾌하고 긍정적인 건우한테 가혹한 선생님은 없었다. 그런데 아이들이 같은 질문을 하면 건우는 다른 대답을 했다.

"컨셉이야!"

봉두난발 헤어스타일에 여드름 바글바글한 얼굴, 건들거리는 걸음까지, 건우는 얼핏 보면 무협 영화에 나오는 거지 도사 같았다.

"레트로 장착, 지적인 날라리가 내 컨셉이야."

건우가 으스대며 말하면 몇몇 아이들은 피식 웃었다. 건우는 스스로 캐릭터를 정하고 거기에 맞춰 살았다.

이런 건우가 고등학교 입학하면서부터는 단정해졌다. 입학식 날에는 신뢰의 상징 8대 2 가르마를 하고 나타났다.

콘셉트를 바꿨냐고 물으니 건우는 말없이 고개만 가로저었다. 건우만이 아니었다. 시민중 출신들은 두성고에 와서 기를 제대로 못 폈다.

"뭐, 두성중은 애들도 대단하고 부모들도 대단하다는데…….
어쩌겠어? 그래도 열심히 해 봐야지, 뭐."

건우는 눈을 끔뻑이며 고개를 끄덕였다. 어른처럼.

일요일에 건우와 동네 도서관에서 만났다. 중간중간 의견을 나누어야 해서 열람실로 가지 않고 로비에 있는 테이블에 자리를 잡았다.

독후감을 쓸 책으로 나는 『정의란 무엇인가』를, 건우는 『이중 나선』을 선택했다. 건우는 융합적 사고를 지향하는 코어 동아리 분위기상 『이중 나선』이 유리할 것 같다고 했다. 내가 『정의란 무엇인가』를 선택한 이유는 그나마 낯익은 책이었기 때문이다. 지금 내 방 책장에 꽂혀 있기도 하고, 전에 아빠가 이 책에 대해 이야기를 했던 적도 있었다.

"야, 너랑 같이 있으면 잘 써진다니까. 봐 봐! 대박이지?"

건우가 자기 노트북을 내 쪽으로 밀었다. 우리가 만난 지 한 시간도 되지 않았는데, 건우의 독후감은 벌써 A4 용지 두 장 분량이었다.

"너, 미리 써 놓고 여기 와서 수정한 거 아냐? 어떻게 벌써 그만큼이나 썼어?"

"아니, 내가 준호 너만 보면 막 자극이 되거든. 야! 우리 앞으로 공부도 같이…… 암튼, 같이 할 수 있는 건 뭐든 같이 하자고."

건우는 씩 웃으며 말했다. 그리고 나한테 요령을 가르쳐 주었다. 평론가나 기자가 쓴 글을 참조하라는 거였다. 그러면 책의 중심이 뭔지 알게 된다고. 역시 건우는 대단하다. 성적은 내가 좋아도 순발력은 언제나 건우가 출중하다.

건우의 조언은 적절했다. 기사 몇 개를 읽고 나니 어떻게 써야 할지 가닥이 잡혔다. 만약 집에서 혼자 쓰려고 했다면 아직 시작도 못 했을 것이다. 내가 독후감을 마무리하는 동안 건우는 자기소개서를 마저 썼다.

"오, 잘 썼네! 과연 오려 붙이기를 하더라도 자기만의 키워드가 있어야 하거든."

내 글을 읽은 건우가 말했다. 우리는 그 자리에서 동아리 가입

원서를 제출했다.

늦은 오후가 되어서야 도서관에서 나왔다. 날이 따뜻해져 휴일을 즐기러 나온 사람들로 거리가 활기찼다. 우리는 버스 정류장으로 향했다. 이번에 건우가 등록한 종합학원엔 일요 특강이 있다고 했다.

"근데 너는 일요일인데 데이트 안 하냐?"

건우가 물었다.

"어제 만났잖아."

"잉? 아직 사귀는 거 아닌가 봄? 사귀면 매일매일 만나는 거거든."

"사귀긴 뭘 사귀어. 야, 그리고 너도 여친 사귄 적 없잖아."

"원래 나 같은 훈남은 어장 관리만 하는 거야."

건우의 어이없는 발언에 큭 웃음이 터졌다.

"만나 보니 하림이 어때?"

"잘 모르겠어. 만나서 밥 먹은 거 말고는 한 게 없어."

"한 게 없어? 그럼 밥 먹는 거 말고 뭘 해? 응? 뭘 또 하냐고? 얼른 대답해 봐! 뭘 해?"

건우가 눈을 게슴츠레 뜨고는 나를 툭툭 치며 물었다.

"그냥, 대화를 하는 거지. 근데 대화도 별로 못 했어. 아닌가? ……잘 모르겠어. 내가 너무 기대가 컸나 봐."

"기대가 크면 실망도 큰 법이지. 서두르면 안 돼. 원래 천천히 알아 나가야 좋은 거야."

잘난 체하는 건우 말에 나는 또 한바탕 웃었다. 건우도 킬킬 웃었다.

3. 빌런의 등장에 흔들리지 않기

코어에 최종 합격했다. 1차 합격하고 난 뒤 건우와 면접 준비도 같이 했는데, 둘 다 합격이었다. 뛸 듯이 기뻤다. 든든한 빽이 생긴 기분이랄까. 이제 이 학교에 뿌리내릴 수 있을 것만 같았다.

동아리에 최종 합격한 신입생은 아홉 명이었다. 시민중 출신은 건우와 나 둘뿐이었다. 동아리 선배들은 대체로 무서워 보였는데, 뭐 괜찮다. 세상에 친절한 사람만 사는 것도 아니니까. 동아리 모임은 시험 기간을 제외하고는 2주에 한 번씩 갖는다고 했다. 이슈가 있을 때는 일주일에 한 번씩 만날 때도 있다고.

그사이 봄이 조금씩 다가왔다. 아침 등굣길에 개나리가 피기 시작했다. 나는 가끔 하림이와 점심을 먹었다. 하림이는 이런저런 사진과 함께 문자를 자주 보냈고, 그때마다 나는 성실하게 답장을 보냈다. 그렇지만 뭐랄까, 우리는 좀처럼 가까워지지 않았다. 사귀는 것도 아니고, 그냥 친구도 아닌 어정쩡한 관계. 아마도 내 탓이겠지, 젠장.

동아리 첫 모임은 선배들이 주도했다. 다들 어찌나 말을 잘하는지 백분토론을 시청하는 느낌이었다. 건우는 한마디 끼어들었다가 죽사발이 되고는 입을 다물었다. 첫날이라 신입생들은 대부분 조용히 참관하는 분위기였다. 한 명만 빼고.

노유빈이라는 아이는 선배들 앞에서도 조금도 주눅 들지 않았다. 그런데 어쩐지 낯이 익었다. 어디서 봤더라? 같은 초등학교를 나왔나? 내내 생각하고 있었는데, 쉬는 시간에 건우가 유빈이에게 알은체를 했다.

"너, 혹시! 맞지? 와, 대박!"

어깨를 들썩이며 건우가 말했다. 건우의 춤 동작에 유빈이는 말없이 활짝 웃었다. 그 순간 나도 기억났다. 맞다. 유빈이는 수요 스테이지에서 춤을 추던 아이였다. 경비 아저씨 사다리를 잡아 줬던 아이.

"야, 반갑다. 너, 지난번에 운동장에서……."

나도 알은체를 했다. 그런데, 바보같이 말끝을 흐렸다. 그래도 유빈이는 알아들은 듯 "응. 반가워." 하며 웃었다.

코어의 첫인상은 나쁘지 않았다. 토론은 듣기만 해도 흥미진진했고, 처음에 무서워 보였던 선배도 쉬는 시간이 되니 서글서글해졌다. 함께 들어온 신입생들도 마음에 들었다. 높은 경쟁률을 뚫고 들어온 애들이라 내심 긴장했었는데. 물론 쉬는 시간에도 말 한마디 섞지 않고 책만 읽는 애도 있었지만, 대체로 편안하게 인사 나누는 분위기였다. 노유빈이랑 우리처럼.

며칠 후 급식실에서 하림이와 점심을 먹는데 누가 내 어깨를 툭 쳤다.

"야, 밥 먹고 나 좀 보자."

민병서였다. 병서는 말하면서 하림이 쪽을 슬쩍 쳐다보곤 곧장 급식실을 나가 버렸다. 내가 무슨 일이냐고 물을 새도 없었다.

3월 모의고사에서 만점을 받은 민병서는 나와 같은 유치원, 같은 초등학교를 나왔다. 어릴 때는 병서와 꽤 친했다. 엄마들끼리 잘 아는 사이여서 같이 자주 놀기도 했고. 병서 엄마가 캐나다로 떠나고 각자 다른 중학교에 다니면서부터는 관계가 소원해졌다. 그러다 병서를 코어 면접 때 만난 것이다.

병서는 떨어졌다. 그걸 알고 내 기분이 어찌나 좋던지.

입학식 선서는 방준호가 아니라 두성중 출신 민병서가 할 줄 알았다고, 아무래도 병서가 배치고사 때 실수를 했던 모양이라고, 아이들도 선생님들도 공공연하게 말하곤 했다. 몇 번이나 그런 소리를 들었는지 모른다. 잘못한 게 없는데도 꼭 잘못을 한 것 같은 기분이었다.

며칠 전에는 급식실에서 여자애들이 이런 대화를 나누는 것도 들었다.

"민병서를 좋아한다고?"

"응. 완전 내 스타일!"

"하긴 민병서, 완전 사기 캐릭터지. 갠 도대체 부족한 게 뭐야?"

"내 말이! 모의고사 전교 1등에 훈남에, 말도 잘하고, 성격도 꼬인 데 없이 좋은 거 같고."

민병서에 대한 아이들의 평판은 대체로 이랬다. 공부도 잘하고 성격도 좋고 집도 잘사는 훈남. 1등이라는 말이 누구보다 잘 어울리는 아이.

억울함과 질투, 분노가 미세먼지처럼 내 마음을 덮쳤다. 민병서가 좋은 평판을 얻는다니, 세상이 미쳐 돌아가는구나. 누구보다 병서의 실체를 아는 나는 학교 커뮤니티에 격문이라도 쓰고 싶었다. 전교 1등이면 다인가요? 부모가 부자면 다예요? 외모가 전부입니까? 이렇게.

점심을 먹고 나와서 운동장으로 갔다. 자기 반 아이들에게 둘러싸여 무언가 신나게 얘기하던 병서가 나를 보고 손을 흔들며 다가왔다.

"코어는 장난으로 지원해 본 거고. 나, 종합병원에 봉사 다니게 됐어. 의대 가려면 필수잖아. 너는 봉사 어디로 정했어?"

병서가 말했다. 황당하고 영문을 모르겠는 말들뿐이었다. 그냥 적당히 대꾸해 주기로 했다.

"잘됐네. 그 어렵다는 종합병원 봉사도 다니고. 난 괜찮은 봉사 다 떨어졌어. 박물관 쪽으로 지원해 보려고. 근데 그거 물어보려고 나 불러낸 거야?"

"박물관이라고? 그런 데서 봉사해서 얻다 써먹으려고? 의대 지원에 병원 봉사는 필수야. 몇 년 전 전교 1등 하던 선배, 의대 떨어졌잖아. 비교과 빵빵한 전교 5등은 합격하고."

잘난 체하려고 날 불러낸 건가? 어릴 때 친하기는 했지만 이제 이런 대화를 나눌 사이는 아니지 않나? 기분이 나빠졌다.

"그런 말을 나한테 왜 하는 거야? 네가 뭘 안다고?"

"너 의대 갈 거 아니야? 혹시나 해서 물어본 거지. 병원 봉사 알아봐 주려고."

종합병원에서 봉사활동하게 되었다는 건 사실일 거다. 의사인 병서 아빠가 주말마다 골프 치러 가는 이유 중 하나가 인맥 관리 때문이라니까. 봉사도 그 인맥으로 만들어졌을 것이다. 하지만 장난으로 코어에 지원했다는 건 거짓말이다. 장난이라니, 그럴 리가. 떨어졌으니 저렇게 말하는 거다.

"고맙지만, 됐다. 의대는 안 갈 거야."

내 말에 병서가 고개를 갸웃거렸다. 어떻게 의대를 안 간다고 말할 수 있지? 이런 표정이었다. 하긴 이해할 리가 없지. 민병서는 어릴 때부터 이랬다. 자기 세상이 곧 이 세상의 전부라고 믿었고, 다른 세상이 있다고는 상상도 하지 못했다.

"할 말 다 했으면 나 들어가도 되지?"

"너, 티몬 아직 갖고 있지?"

뜬금없이 이건 또 뭔 소린가?

"티몬? 무슨 말이야?"

"유치원 때 내가 너한테 준 생일 선물. 다시 돌려줘, 티몬."

뭐래?

"요즘 내가 라이온 킹에 다시 꽂혔거든. 한국 장난감 가게에는 그런 인형 없어. 알지? 그거 미국 여행 갔을 때 디즈니랜드에서 50달러 주고 산 거야."

와, 나 지금 다섯 살 민병서랑 얘기하는 건가. 이런 애랑 얘기 길어져서 좋을 게 없었다.

"없어. 지금까지 그 인형이 남아 있을 리 있겠냐?"

나는 이 말을 남긴 뒤 등을 돌렸다.

"그럼 구해 줘. 미국 가서 사 오든지 직구하든지. 티몬 없으면 안 된단 말이야. 심바랑, 날라랑, 품바가 티몬 없어서 외롭다잖아. 티몬 내놔."

나를 뒤따라오며 병서가 소리를 질렀다. 진짜 연구 대상이다. '상

위 0.1퍼센트 학습 능력을 가진 학생들의 미성숙한 인격에 대한 연구' 논문을 누가 썼으면 좋겠다. 받아 주기 시작하면 끝도 없이 생떼 쓰는 것도 어릴 때랑 똑같네. 이 자식이 이렇게 유치뽕짝인 걸, 두성고 애들은 아직 모른다.

한때 나도 의사가 되고 싶었던 적이 있었다. 아빠처럼 사는 건 엄두가 안 나지만 시골 병원 의사가 되고 싶었다. 동네 주민들이 편하게 드나들 수 있는 병원의 의사. 바다가 보이는 병원 텃밭에는 감자와 오이, 채송화와 해바라기를 심을 거라고 생각했다. 그전의 꿈은 뭐였냐면, 범고래였다. 그림책을 보기 시작한 어릴 때의 일이다. 지금도 바다를 자유롭게 유영하는 고래를 보면 가슴이 뛴다. 그러니까 의사라는 꿈은 범고래 같은 거다. 오래된 다이어리에 저장된 희미한 추억.

요즘은? 역사에 관심이 생겼다. 작년에 다큐멘터리를 보다가 역사가 굉장히 흥미로운 학문이란 걸 느꼈다.

"역사학과 좋지! 나는 옛사람들 생활사 다룬 이야기를 보면 그렇게 좋더라. 뭐랄까, 시공간을 뛰어넘는 소통이잖아."

삼촌이 말했다.

"아빠도 똑같은 말 하더라. 근데 엄마는 그런 전공은 취직하기 어렵다고 걱정해."

"야! 사람이 돈도 중요하지만, 인간이 빵만으로는 살 수 없잖아. 중국에 루쉰이라고 있잖아. 작가. 루쉰이 원래 의학도였다더라. 그런데 간첩으로 몰려 처형당하는 동포를 낄낄거리며 구경하는 사람들을 보고 작가가 되기로 결심했대. 육체보다 정신의 건강이 더 중요하다는 거지. 하여튼 문학, 역사학, 철학 꼭 필요해. 나는 너처럼 똑똑한 애들이 그런 공부를 해야 한다고 생각한다."

삼촌이 유쾌한 목소리로 말했다. 다행이다. 삼촌의 응원을 받으니 기운이 났다.

"나 내일 일찍 출근할 건데, 학교까지 태워 줄까?"

"아니, 걸어갈 거야."

"왜? 자전거도 안 타고?"

"그냥 걷고 싶어서."

사실이다. 나는 요즘 많이 걷는다. 걷다 보면 어수선한 마음이 정리가 된다.

각오는 했지만 고등학교 생활이 이 정도일 줄은 몰랐다. 숨도 쉴 수 없는 나날이었다. 주말이 더 바빴다. 오전에는 도서관 봉사, 오후에는 코어 모임이 있었다. 박물관 봉사를 하고 싶었는데 티오가 아예 없었고, 요양병원과 양로원 자원 봉사도 다 떨어졌다. 이 와중에 학원까지 다니는 아이들은 철인인가? 어깨는 무겁고 불안은 그림자처럼 나를 따라다녔다.

웬만한 과목은 거의 중간고사 범위가 나왔다. 고등학교 생활은 그냥 3년 내내 시험이라고 보면 된다. 이번 중간고사는 특히 중요했다. 3월 모의고사를 제대로 망쳐 주셨기 때문에 중간고사까지 못 보면 나는 그날로 정독실에서 쫓겨날 것이다. 내가 배치고사에서 1등 한 건 진짜 운이었나 보다.

야자를 끝내고 나오면 가로등 아래 하얀 벚꽃이 가득 피어 있었다. 아니다. 내 눈에 들어온 건 봄꽃이 아니라 벤치에 앉아 있는 커플들이었다. 벚꽃을 배경으로 서로 사진을 찍어 주거나 커플 셀카를 찍는 아이들.

하긴, 누군가와 애정을 주고받는 것 말고 위로받을 게 우리에게 있기나 한가? 불확실한 결과에만 매달리면서 보내기에 수험 생활은 너무 길다. 그러니 연애, 짝사랑, 아이돌 덕질에 기대는 수밖에.

하림이와의 사이는 큰 진전이 없다. 문자도 자주 하고 점심도 자주 같이 먹긴 하지만, 내가 하림이를 좋아하는지 어떤지 잘 모르겠다. 하림이가 나를 좋아하는 건지도 잘 모르겠다. 만날 때마다 반복되는 대화 패턴도 뭔가 좀 갑갑하다. 예컨대 이런 식이다.

"나 메스실린더에 눈물 받은 적 있다? 내가 흘리는 눈물의 양을 재 보고 싶은 거야. 엄마하고 대판 싸우고 난 뒤에 눈 밑에 메스실린더 갖다 대고 울었어. 10밀리도 채 안 되더라. 거울 보고 울어서 그런 거 같아. 연기자들 진짜 대단해. 난 거울 보고 우니까 펑펑 못 울겠던데."

"아, 그래?"

그러니까 하림이가 주로 말하고, 나는 고개를 끄덕이거나 그렇구나, 하며 맞장구를 친다.

내 얘기를 안 해 본 건 아니다. 3월 모의고사 성적표가 나온 날이었다.

"수학에서 실수했어. 실수도 실력이라던데, 어떡……."

"우리 학교에 올 1등급이 열 명도 넘는다더라."

하림이가 빛의 속도로 내 말을 잘랐다. 얘는 나에 대해 궁금한 게 없나? 원래 한쪽이 일방적으로 들어 주는 건가? 다들 연애를 이런 식으로 하는 건가? 모르겠다. 그렇다고 헤어지자고 할 수도 없다. 사귀자고 한 적이 없으니.

토요일 아침, 초인종 소리에 깼다. 삼촌은 벌써 나가고 없었다. 휴일인데 어디 갔을까? 현관문을 여니 택배 상자 두 개가 놓여 있었다. 조금 무거웠다. 커터 칼로 스티로폼 박스를 개봉하니 그 안에 봉지들이 가득 들어 있었다. 나는 곧바로 핸드폰을 찾아 들었다.

"이런 거 자꾸 보내지 마. 학교 가면 급식 먹고 아침은 빵 먹으면 된단 말이야."

나는 다짜고짜 이렇게 말했다.

"까만 봉지는 전복죽이야. 냉동실에 넣어 났다가 하나씩 꺼내 먹으면 돼. 1인분씩 싸 났으니까. 닭죽은 삼촌 생각해서 만든 거야. 삼촌이 찹쌀 넣은 닭죽 엄청 잘 먹거든."

엄마도 가끔 자기 말만 한다. 스티로폼 박스 말고 다른 박스에는 딸기랑 파프리카랑 사과랑 미숫가루가 들어 있었다. 이런 건 엄마도 사서 보내는 거다. 여기서도 다 살 수 있는 것들인데.

"이 무거운 걸 들고 우체국까지 가야 하니까 그렇지. 안 보내도 된다고."

"어머나? 애 좀 봐. 엄마 운전 잘해."

"아빠는? 아빠는 잘 지내셔? 아빠 옆에 있으면 좀 바꿔 줘."

내 말에 엄마는 잠시 머뭇거리더니 말했다.

"······아빠 지금 바리랑 산책 나갔어."

바리는 부모님과 함께 사는 반려견 이름이다. 산책 나갔다는 말은 거짓말이 분명했다. 엄마 목소리만 들어도 안다. 아, 아빠 항암치료받았구나. 이번이 몇 회 차더라.

아빠는 메스꺼움도 있고 변비도 있다고 했다. 생각보다 머리가 안 빠져서 다행이라는 말도 했다. 이건 1차 항암 이후에 한 얘기고, 그다음부터는 내가 걱정할까 봐 이런 얘기는커녕 항암치료

하러 갈 때조차 일언반구 없다. 치료받은 직후에는 통화할 기운도 없다는 건 내가 인터넷 검색을 통해서 알아낸 거다. 물론 아빠는 의사니까 잘 대처하고 있겠지만…….

아빠가 얼마나 힘든지 상상할 수도 없다. 그런데 엄마 아빠는 내 걱정만 한다. 삼촌이랑 살면서 끼니는 제대로 챙기는지, 등하굣길이 위험하지는 않은지, 사교육받는 아이들한테 기죽지는 않는지.

"건조기 하나 사서 보낼까? 쇼핑몰에서 할인하던데. 빨래 널고 걷고 하는 거 힘들잖아."

엄마가 말했다.

"걱정 마. 삼촌이 내 빨래까지 다 해 줘. 삼촌 살림 엄청 잘해."

"그래?"

엄마는 자꾸 뭘 챙겨 주겠다고 하고, 나는 괜찮다고 하는 대화가 이어지다가 통화가 끝났다. 엄마가 보고 싶었다. 아빠도.

통화하는 동안 톡이 와 있었다.

─ 오늘 정독실 안 가면 안 돼? 같이 공부하자. 학교 도서관에서.

하림이와 만났을 때의 모습이 그려졌다. 하림이는 공부하자고 불러 놓곤 이런저런 얘기를 늘어놓을 테고, 나는 1인 방송을 보는 구독자처럼 듣고만 있겠지. 잠시 고민하다 하림이한테 전화를 걸었다. 지금까지 우리는 주로 문자로만 대화했는데, 이번엔 어쩐지 그러고 싶었다.

"오늘 동아리 모임 있어. 오후에."

"시험 기간인데?"

사실 중간고사가 얼마 남지 않았다. 벌써 교실에는 긴장이 흘러 다닌다. 정독실에선 야자 끝났다는 말을 하러 감독 선생님이 오기 전까지 가방을 싸는 애가 한 명도 없다.

"응."

"빠지면 안 돼?"

"내가 발제자라서 곤란해."

"되게 웃긴다. 시험 기간에 무슨 동아리야?"

"……그게 왜 웃긴데?"

내 반응에 하림이가 조금 놀란 듯, 1초 정도 대답이 없었다. 하긴, 나는 하림이한테 정색하며 말한 적이 없었다.

"넌 말을 왜 그렇게 해? 야! 난 그럼 누구랑 공부해?"

가슴이 답답해졌다. 목구멍으로 튀어나오려는 말들을 꾹 누른 채 간신히 대답했다.

"어쨌든 오늘은 안 돼."

여기까지 말하고 끊으려고 했다. 얼른 씻고 발제문 출력해서 나가야 한다.

"준호 너, 좀 변했다."

하림이의 말이 내 심장에 찬물을 끼얹었다.

"내가 변했다고? 내가 어땠는데?"

참았던 불만이 폭발해 버렸다.

"넌 나 모르잖아."

"무슨 말이야? 갑자기."

"넌 왜 내 이야길 귀담아들어 주질 않냐? 왜 한 번도 나에 대해 묻지를 않아?"

"꼭 질문을 해야 해? 하고 싶은 말 있으면 그냥 하면 되잖아."

하림이가 항변하듯 말했다. 내가 하고 싶은 말을 하라고? 말할 기회를 줬어야지! 이렇게 말하고 싶었으나 참았다.

"아, 그러면 되겠구나. 앞으로 내가 하고 싶은 말 하도록 할게."

나는 전화를 끊었다. 끊고 나니 기운이 쫙 빠졌다.

4. 떡볶이는 먹고 가기

스터디카페는 학원가에 있었다. 코어 동아리는 2주에 한 번씩 그곳에서 모인다.

스터디카페 룸의 문을 열자마자 회장 박보나 선배와 눈이 마주쳤다. 옆에는 노유빈이 앉아 있었다. 나는 눈인사를 한 뒤 출력해 온 발제문을 내밀었다.

"안 그래도 네가 올린 발제문 읽는 중이었어. 친절하게 프린트까지 해 왔네."

유빈이가 하이 톤으로 말했다. 보나 선배 때문에 긴장했는데, 유빈이 덕분에 긴장이 조금 풀렸다.

처음만큼은 아니었지만 동아리 선배들은 여전히 어려웠다. 박보나 선배는 더더욱. 보나 선배는 중학교 때부터 전국 중고교 토론 대회를 휩쓸었다고 한다. 토론을 할 때 막힘없는 보나 선배의 논리를 들으면 정말이지 감탄스러웠다.

나는 1학년 중에서는 처음으로 발제를 맡았다. 걱정을 했더니 건우가 이런 말을 해 주었다.

"쫄지 마. 선배들 토론할 때 현란한 언어 쏟아 내지만, 다들 거기서 거기야. 그냥 공부하듯 개념 외우고, 인터넷에 나온 리뷰들 짜깁기한 거라고. 근데 보나 선배가 그러더라. 그것도 능력이래. 잘 모르더라도 고민을 하면서 읽으면 편집에 그 흔적이 드러난다더라. 그리고 몰라도 자꾸 말하다 보면 생각이 선명해지면서 그게 자기 논리가 되는 거래."

건우의 격려에 머리를 쥐어짜 내서 발제문을 완성했다. 무엇보다 단톡방에 공지로 걸려 있는 한 선배의 말이 큰 힘이 되었다.

'지적으로 성숙한 인간이 되고 싶으면 무식함을 당당하게 드러낼 줄 알아야 한다. 자기가 무엇을 알고 무엇을 모르는지 알아야 본질에 다가갈 수 있다.'

그래서 나도 기꺼이 무식함을 드러내기로 했다.

토론 주제는 '무기력 세대와 혐오.' 발제 도서가 따로 없는 주제여서 부담이 덜했다. 나는 최선을 다해 발제문을 썼다.

중간고사가 코앞이라 빠진 부원이 많았다. 1년에 4회 이상만 참석해서 보고서를 내면 되기 때문에 관심 있는 주제에만 참여할 수 있다. 덕분에 일곱 명이 오붓하게 토론했다. 2학년은 유일하게 보나 선배만 참석했는데, 우리에게 낯선 단어나 개념이 나오면 그것들을 자세히 설명해 주기도 했다. 선배의 입에서 튀어나오는 이름들, 이를테면 '봉준호' 감독(앗! 나랑 이름이 같다.)이나 '피에르 부르디외' 같은 이름들을 들으면 그런 인물들의 사상까지 두루 섭렵한 선배와 함께하는 나까지 대단해지는 느낌이었다. 건우 말대로 보나 선배는 내가 만난 사람 중에서, 어른들까지 통틀어 가장 똑똑한 인물이었다.

토론의 말미에 우리는 세상의 부패한 권력자와 뻔뻔한 위선자들, 무식한 차별주의자를 성토했다. 서로의 비리를 눈감아 주는 견고한 기득권 카르텔과 부패의 사슬에 촘촘히 엮여 있는 우리 사회의 이너서클에 대해서도 함께 분노했다.

"나는 실수로라도 부자가 되지 않을 거야. 이렇게 빈부격차가 심한 사회에서 거대한 부를 쌓는다는 건 윤리적으로 아닌 거 같아."

"우연히 부자가 되어 버릴 수도 있잖아요. 뭐, 로또 당첨 같은 거로요."

보나 선배의 말에 건우가 끼어들었다. 나와 달리 건우는 보나 선배를 별로 어려워하지 않는다.

"아, 애써서 부를 추구하지 않겠다는 거지. 주체적으로 가난을 선택하는 사람들도 있잖아. 적어도 나는 부자가 되는 걸 목표로 삶을 살진 않을 거야."

보나 선배가 편하게 말하자 건우도 씩 웃었다. 토론 주제를 벗어나는 이야기도 많이 했다. 수다와 토론이 섞여 자유롭게 대화를 나누었는데, 그래서인지 모임 분위기는 다른 때보다 부드러웠다.

"이렇게 정리하면 어때요? 우리가 행여 너무너무 부자가 되거나 엄청난 권력을 가지게 되더라도 부패의 역사를 이어 온 집단처럼 되지는 말자고. 우리가 새로운 세상을 만들면 되잖아요."

유빈이가 말했다. 좀 단순한 결론이었는데, 그 말에 보나 선배가 "오~"하면서 엄지를 들었다.

예약된 시간을 훌쩍 넘겨서 우리는 추가 이용료를 지불했다. 모임이 끝나고 밖으로 나오니 거리에는 노을이 펼쳐져 있었다. 중간고사를 앞둔 주말 학원가는 학생들로 북적였다. 건우가 뒤풀이 겸 떡볶이를 먹으러 가자고 했다. 곧바로 오케이 사인을 보낸 건 나와 노유빈뿐이었다. 다른 아이들은 중간고사 대비 특강을 들으러 간다며 서둘러 흩어졌다.

"난 떡볶이 좋아. 저기 어때?"

보나 선배가 포장마차를 가리키며 말했다. 다른 아이들처럼 그냥 갈 줄 알았는데 의외였다.

"좋아요!"

"저도요."

조금 있으니 화장실에 들렀다 온다고 했던 유빈이가 나왔다. 유빈이 가방에는 온갖 배지가 요란하게 달려 있었다. 포장마차로 향하며 건우가 물었다.

"이 배지들은 다 뭐냐?"

"아, 이거?"

유빈이가 뒤를 돌아보며 말했다. 그래 봤자 뒤에 멘 가방이 보이지도 않을 텐데.

"북극곰 살리기, 아동학대 방지, 노란 리본, 또 뭐가 있더라? 아! 세계 여성의 날 기념 배지, 또…… 아무튼 그냥 내 멘탈 보호를 위해서야. 아름답고 소중한 것들이 무너지는 건 내가 못 보거든."

"야, 너 그러다 피시충 소리 듣겠다."

건우가 장난스럽게 핀잔을 주었다.

"피시충이 뭐 어때서? 나는 대놓고 피시충인데?"

보나 선배가 유쾌한 목소리로 말하자 유빈이가 박수를 치며 웃었다.

포장마차에 넷이 나란히 서서 떡볶이와 순대와 어묵과 튀김을 먹는데 내 옆에 서 있던 유빈이가 나를 쳐다보았다.

"왜? 왜 쳐다봐?"

"준호 너, 뭐 잃어버린 거 없어?"

"잃어버린 거?"

유빈이가 웃으며 가방에서 뭔가를 꺼냈다.

"짜잔! 이게 뭘까요?"

유빈이가 텀블러를 들어 보였다. 내 거다. 엄마가 택배로 보내 준 대추차를 데워서 텀블러에 넣어 왔는데 깜빡했다.

"어? 그걸 왜 네가 갖고 있어?"

"스터디카페 룸에 두고 갔잖아. 화장실에서 나오는데 직원분이 주더라고. 우리 거 아니냐면서."

유빈이가 또 웃었다. 이 아이는 웃을 때면 반달눈이 된다.

"고맙다."

"말로만?"

유빈이가 반달눈으로 나를 쳐다보았다. 피식 웃음이 나왔다.

떡볶이를 순식간에 해치운 우리는 거리를 걸으면서 조금 더 수다를 떨었다. 솔직히 말하자면 집에 가기 싫었다. 비슷한 심정이었는지 누구도 선뜻 가겠다고 말하지 않았다.

"보나 선배는 무슨 과 갈 거예요? 경영? 경제?"

건우가 물었다.

"생기부에는 사회학과 적었지. 에휴, 내 얘기는 관두자. 진로 얘기 하면 입에서 개구리가 튀어나올 것 같거든."

"개구리요? 보나 언니도 참!"

웃으며 말하는 유빈이에게 건우가 말했다.

"보나 선배가 아니라 보나 언니라고? 선배랑 언제 그렇게 친해졌냐? 너 진짜 인싸인 듯. 하긴 인싸니까 무대에서 춤도 추고 그러겠지. 너 춤 진짜 잘 추더라."

"춤은 그냥 좋아서 추는 거지, 잘 추는 편 아니야. 수요 스테이지 땐 인원 모자란다고 해서 나간 거고. 그리고 인싸도 아니야. 나 낯가려."

"너 좋아하는 애들 많던데?"

"그건 맞는 말. 내가 인기가 좀 있긴 하지."

"와, 이건 부정 안 하는 거?"

"내가 예쁜 건 팩트니까. 너도 나한테 이 소리 열 번만 들으면 나 예쁘다고 생각할걸? 내가 주입식 미인이거든."

유빈이 말에 우리 넷 다 낄낄 웃었다. 상점들과 가로등에 불이 환했다. 밤거리에 서서 이러고 있으니 확 친해진 느낌이었다. 우리의 목소리 톤도 점점 높아져 갔다.

"유빈이의 매력은 자신감이지. 면접 볼 때 알아봤어. 뭘 물어도 막 대답하더라. 좀 모르면 어때? 이런 태도였어. 그래서 다들 유빈이를 좋게 본 거 같아."

"다들 속은 거죠. 알면 알수록 내가 홀라당 깨는 부분이 있거든요."

"뭔데, 뭔데? 홀라당 깨는 부분이 대체 뭐야?"

"알려고 하지 마. 나 신비주의 고수할 거야."

우리는 유빈이 말에 또 한 번 다 같이 낄낄거렸다.

"근데 유빈이 넌 왜 남자친구 안 사귀냐?"

건우가 물었다.

"남친 꼭 사귀어야 하나? 별로 사귀고 싶지 않아. 당분간은."

"왜?"

"난 혼자서도 하고 싶은 게 너무 많거든. 일대일 독점 관계, 별로이기도 하고. 아, 근데 덕질은 진짜 열심히 해. 나 얼마 전에 정호빈 팬클럽 가입했잖아. 축구 선수 정호빈, 알아?"

유빈이 말에 반사적으로 내가 소리를 질렀다.

"너, 정호빈 팬이라고? 와! 반갑다."

나는 유빈이한테 악수를 청했다. 최전방 공격수인 정호빈은 K리그 수원 팀 소속이다. 나는 정호빈을 고등학교 선수 시절부터 좋아했다.

"정호빈 직접 본 적 있어?"

축구 얘기가 나오니 괜히 신났다.

"응. 두 번. 경기장에서. 참! 나 중간고사 끝나고 경기 보러 갈 건데, 다 같이 갈래? 어때요?"

유빈이가 눈을 반짝이며 물었다. 보나 선배가 대답을 망설이는 사이, 나와 건우가 큰 소리로 외쳤다.

"좋아! 가자! 예매는 누가 하지?"

언뜻언뜻 시험 앞두고 이러고 놀아도 되나 싶은 불안감이 들었다. 그렇지만 같이 노니 괜찮겠지 하는 공범 의식이 불안감을 눌렀다. 게다가 고등학교 와서 이렇게 즐거운 건 처음인걸.

보나 선배 휴대폰에서 아까부터 문자 알림 소리가 났다.

"이제 슬슬 가 봐야겠다. 아 맞다, 너희들 시험 족보 필요해?"

보나 선배가 우리를 둘러보며 말했다. 건우와 유빈이, 나는 동시에 크게 고개를 끄덕였다.

"완전 필요하죠."

"주시면 땡큐죠."

세상에 이런 횡재가! 중간고사를 앞두고 족보를 구하려고 노력하기는 했다. 건우도 학원에서 아는 선배 여러 명한테 물어봤는데 못 구했다고 했다. 족보를 구하려면 내신 대비 학원에 다니거나 여러 학교 시험지를 올려놓고 파는 족보 사이트에 유료 회원 등록을 해야 한다. 그런데 족보 사이트는 몇 과목 구할 수도 없고, 그나마도 몇 년 전 거라는 말이 있었다.

그 자리에서 만세를 부르고 싶었다. 내가 운이 좋다. 코어에 합격한 거, 이렇게 좋은 선배를 둔 거.

"아, 그리고 둡 인터넷강의 올패스 있는데, 나랑 안 맞아서 안 듣고 있거든. 환불하기도 복잡하고 해서. 이거 필요한 사람?"

헉! 이건 당첨된 복권을 주겠다는 거나 마찬가지다. 저요! 라고 내가 손을 들기도 전에 건우가 냉큼 말했다.

"준호 주세요. 준호 학원 안 다니거든요."

"학원에 안 다닌다고? 아, 너 정독실 들어가 있지?"

유빈이가 나를 쳐다보며 물었다.

"정독실에 있어서가 아니라⋯⋯."

나는 변명하듯 말했다. 정독실 단어만 나오면 괜히 불편하다. 그 단어는 나와 건우 사이를 묘하게 갈라놓는 느낌이다. 나는 학원에 다니지 않는 이유를 주절주절 늘어놓았다. 아빠가 수술을 했고 지금도 투병 중이고, 부모님과 떨어져 산다고. 집안 형편이 예전보다 어려워졌는데, 이런 상황에서 딱히 학원에 다닐 이유를 못 찾겠다고.

말을 뱉어 놓고 나니 속이 시원했다. 어쩌면 그동안 불안하고 답답했던 이유가 이거 때문이었을지도 모른다. 남들이 생각하는 나의 이미지, 하림이가 생각하는 나의 이미지와 진짜 내가 다르다는 사실. 그렇다고 내가 먼저 나서서 실은 내 처지가 이러저러 하다고 말하고 다닐 수도 없었다.

"부모님이랑 떨어져 산다니, 대단하네. 공부하는 것만도 벅찰 텐데."

보나 선배는 그 자리에서 인강 아이디와 비밀번호를 문자로 보내 주었다.

"와! 이러다 우리 준호, 전국 수석 하는 거 아니야?"

건우가 너스레를 떨었다. 나는 말없이 건우의 팔을 툭 쳤다.

우리는 거기서 헤어졌다. 보람찬 뒤풀이였다.

버스 정류장을 향해 걸으면서 생각했다. 하림이한테 헤어지자고 해야지. 아니, 사귄 적도 없으니 헤어지자고 말하는 건 우습고, 만나자고 하면 거절해야지. 어쨌든 하림이와 더 만나는 건 감정 소모가 크다는 생각이 들었다.

누군가를 사귀지 않으면 어떤가? 코어 동아리가 점점 좋아진다. 이 친구들과 우정을 쌓으면서 고등학교 생활을 하는 것도 괜찮을 것 같았다.

버스를 기다리는데 누가 등 뒤에서 말을 걸었다.

"어디 가냐?"

이 늦은 시간에 집 말고 다른 데 갈 데가 있나? 이토록 당연한 질문을 한 주인공은 민병서다.

"너는 어디 가냐?"

할 말이 없어 나도 이렇게 물었다. 티몬 인형 돌려 달라고 난리 친 뒤 처음 본다. 계속 돌려 달라고 했으면 소송 걸라고 할 참이었는데.

"특강 끝나고 독서실에."

병서는 툭 던지듯 말하고는 전동 킥보드를 타고 차도로 뛰어들었다. SNS에 생일이 어쩌고, 2종 원동기 면허를 땄네 어쩌고 하는 글 대충 봤는데, 킥보드를 말한 거였나? 근데 이 시간까지 특강을 듣고 다시 독서실이라니…….

갑자기 초조해졌다. 집에 가자마자 보나 선배가 준 인강을 켜봐야겠다고 생각하던 참에 내가 탈 버스가 왔다. 그사이 병서는 저만치 자동차 사이에서 씽씽 달리고 있었다.

5. 골고루 망쳤을 땐 일단 한숨 자기

야자 시간, 복도에서 공부하는 아이들이 늘었다. 나는 창문 쪽으로 책상을 두고 앉아 있는 아이들 사이를 지나 3층 복도 끝 정독실로 향했다. 3학년 정독실은 도서실 옆에 따로 있고, 이곳은 1학년과 2학년이 같이 이용하는 곳이다.

내 자리는 왼편 중간에 있었다. 다들 선호하는 끝자리는 거의 2학년 차지였다. 코어 선배들 얼굴도 간혹 보였지만, 정독실에서는 따로 알은체하지 않는다. 정독실에서는 오직 숨소리와 사각사각 연필 소리 그리고 공기청정기인가? 하여튼 기계 돌아가는 소리만 들렸다.

내 오른쪽 옆자리 아이는 자기 책상 앞에 서울대 교문 사진을 크게 붙여 놓았다. 나는 그 애의 얼굴을 제대로 본 적이 없다. 1반이라는 거 말고는 아는 것도 없다. 다들 서로에게 관심이 없었다. 아니다, 어쩌면 관심이 많은지도 모르겠다. 이따금 눈이 마주치면 짧은 순간 서로를 유심히 쳐다보았다. 서로 관심 없는 척하지만 사실은 서로에게 무척 관심이 많은 것일지도.

정독실의 이런 분위기가 처음에는 얼마나 불편했는지 모른다. 옆자리, 뒷자리, 대각선 자리, 창가 자리, 저 끝자리에 앉은 선배까지 다 신경이 쓰였다. 그런데 속으로야 어떻든 서로를 모른 체하는 분위기라는 걸 파악하니 오히려 마음이 편해졌다.

나는 타이트하게 짜 놓은 공부 계획을 순조롭게 지켜 나갔다. 보나 선배가 준 족보도 잘 활용했다. 미묘하게 글자 하나를 바꿔서 문제가 나올지도 몰라 교과서와 부교재의 구석 귀퉁이까지 꼼꼼히 읽고 또 읽었다. 수학 문제집은 세 개나 더 사서 풀었다. 오답 노트가 빽빽해졌다.

요즘 건우는 학교 수업이 끝나면 곧장 학원으로 가기 때문에 하굣길은 거의 혼자였다. 그때 껄끄럽게 통화한 이후 하림이는 더 이상 연락을 하지 않았다. 복도나 급식실에서 우연히 마주친 적도 없었다. 이렇게 자연스레 멀어지는 건가? 다행……인 거겠지?

야자를 마치고 늦은 밤 집으로 향하는 길을 걷다 보면 밑도 끝도 없는 생각들이 불쑥 떠오르곤 했다. 누군가를 미치도록 사랑하고 싶었고, 홀연히 우주 너머로 가 보고도 싶었다. 그나마 어려운 문제를 많이 푼 날은 아무 생각 없이 잠들 수 있었다.

하루 중 가장 행복하고 여유 있는 때는 점심시간이었다. 급식을 먹고 나면 축구를 하거나 학교 뒷산을 산책했다. 시험이 가까워 올수록 축구할 멤버가 없어서 건우와 뒷산에 가는 날이 많았다.

"촌음을 아껴 가며 공부를 해야 하는데 말이지."

건우는 뒷산에 오를 때마다 이 말을 했다. 건우가 다니는 학원 선생 목소리를 흉내 내면서. 그 선생은 하도 촌음, 촌음 해서 별명이 초놈이라고 했다.

산딸나무, 참나무, 소나무 들이 심긴 산책로를 따라 걷다 보면 후다닥 다람쥐가 뛰어 달아나는 모습도 보였다. 어느 날은 철쭉꽃 사이로 털빛이 노란 고양이가 천천히 걸어 나온 적도 있었다.

"어? 산에도 고양이가 있네."

"그러게. 동네랑 가까워서 그런가?"

"맞다, 너 여기 너구리 사는 거 알아?"

건우 말에 나는 걸음을 멈추었다. 너구리라니! 동물원에서만 본 너구리가 학교 뒷산에 산다고? 뻥을 치더라도 1퍼센트의 개연성이라도 있어야 들어 주지, 라고 말하려는데 건우의 표정을 보니 그게 아니었다.

"진짜야! 보나 선배가 그러는데, 너구리 이름도 있대. 러울이라고. 알지? 훈민정음 해례본에 나온다잖아. 너구리의 옛 이름이 러울이야."

"러울이? 너울이가 아니고 러울이? 그 말 들으니 백퍼 개뻥인 거 같다. 돼지 이름을 도야지라고 부르는 것만큼 성의가 없어."

우리는 폭이 좁은 개울을 훌쩍 건너서 발길을 되돌렸다. 점심 시간이 얼마 남지 않았다.

"아니야, 진짜래. 야자 째고 뒷산에서 데이트하던 커플이 목격했대. 그 커플 말고도 너구리 본 선배들이 꽤 있었나 봐."

"그럼 러울이도 두성고 전설의 고향 반열에 들어가는 거냐?"

"그럴지도. 진짜 전설이 있거든. 러울이를 만나고 나면…… 그렇게 재수가 좋다는 거야. 재작년에 어떤 선배가 러울이를 만난 다음에 전교 1등 찍었대."

진지한 얼굴로 목소리까지 낮춰 가며 말하는 건우 모습에 웃음이 나왔다. 시답잖은 얘기를 하면서 산책을 하다 보면 잠깐이나마 걱정과 고민이 달아나는 기분이었다.

시험이 끝난 날, 봄비가 추적추적 내렸다. 건우와 나는 교사 뒤편 현관에 나란히 서 있었다.

"우리 같이 죽자."

건우가 말했다. 내 마음에도 아까부터 장대비가 내리고 있었다.

"항등식은 껌인 줄 알았지. 시험 보기 전까지는. 25번 문제 뭐냐고, 진짜. 우리 반 1등이 설명해 주는데 뭔 소린지 하나도 모르겠어. 넌 그 문제 풀었냐?"

건우가 핏대를 올렸다. 보나 선배가 준 중간고사 족보는 이 정도로 어렵지 않았다. 이렇게까지 꼬아서 낼 줄은 상상도 못 했다.

"아니."

"담임 말로는 잘하는 애들이 워낙 많으니까 변별력 때문에 어렵게 낼 수밖에 없다는데…… 그게 뭔 헛소리냐? 최소한 진도에 있는 걸 내야 할 거 아냐."

시험 망친 날에도 건우의 입은 잠시도 쉬지 않는다. 건우가 하는 말이 시끄럽고 짜증 났다. 오늘은 좀 혼자 있고 싶었다.

"어휴, 나 오늘부터 수포자 할란다. 대학? 때려치운다 그래."

"나도."

내가 짧게 대답했다. 건우가 그제야 나를 바라보았다. 바람까지 불어 비가 우리가 있는 곳까지 들이쳤다. 교복 바지가 축축해졌는데도 우리는 그 자리에서 꼼짝도 안 했다.

"야! 인간 방준호는 농담이라도 그런 말 하면 안 되지. 전교 1등이 그런 말을 하면 나는 나가 죽으라고?"

건우가 진지한 목소리로 말했다. 여태까지 '그런 말'은 혼자 다 해 놓고선.

채점하기도 싫을 정도로 나는 전 과목을 골고루 망쳤다. 이제 정독실에서 짐 싸야겠지? 적응할 만하니 쫓겨나는 건가?

허무했다. 교과서만 판 게 아니라 보나 선배의 아이디로 인강도 들었는데. 인강을 양도받는 절차도 까다로워서 보나 선배의 수고가 이만저만이 아니었다. 그런데 두성고 중간고사는 인강 따위는 잽이 안 될 정도로 난이도가 높았다.

아니면 내가 돌대가리든지.

사실 나는 노력형이긴 하다. 문제를 막 꼬아서 내면 길을 헤맨다. 그나마 어릴 때부터 책을 좋아해서 핵심 파악하는 능력, 독해력이 있었기에, 중학교 때까지 성적이 좋았던 것일 테다.

"내가 전교 1등이라고? 언제 적 얘기를 하고 그러냐? 한번 전교 1등이면 영원히 전교 1등이냐? 엄마가 그러더라. 동창 모임 가니까 자식들이 죄다 전교 1등이더래. 알고 봤더니 한 번이라도 전교 1등 한 적이 있으면 그냥 그 애는 전교 1등인 거야. 현재 전교 꼴찌를 해도, 전교 1등 한 이력이 있으니까."

내가 말했다.

"완전 공감! 우리 엄마만 그러는 줄 알았는데, 다 그러는구나. 우리 엄마도 내가 전교 1등이라고 말하고 다녀. 쪽팔려 뒈지겠어. 초등학교 5학년 때 딱 한 번, 그때 공부 잘하는 애들 영어 캠프 가서 다 빠졌을 땐데. 원래 초딩 석차는 엄마들이 알아내는 거잖아. 엄마가 여기저기 전화 걸더니 졸지에 내가 전교 1등이래. 일생일대 대박 사건이었지. 피자 시켜 주고 할아버지는 나 특별 용돈 주시고 난리 났었다."

건우가 익살스럽게 말했다.

"그러니까 너도 이제 나한테 전교 1등 소리 좀 하지 마. 부담스러워."

앞만 쳐다보며 내가 말했다. 이 말을 하는데 눈물이 날 것 같았다.

"알았어. 그럼 나도 너한테 뭐 하나 말해도 되냐. ……만약 이번에도 너 정독실 되고 나 떨어지더라도, 내 눈치 보지 마."

건우도 앞만 쳐다보며 말했다. 목소리가 진지했다. 괜히 내 목이 메었다.

잠시 우리는 아무 말이 없었다. 후드득 내리는 빗소리만 요란했다.

"안 되겠어, 나 연애해야겠어. 이제부터 내 컨셉은 사랑꾼이야."

느닷없이 침묵을 깨며 건우가 소리쳤다.

"이 좋은 나이에 죽을 수는 없잖아? 살아야지. 근데 내가 이 나이에 연예인이 되겠냐? 아님 축구 선수가 되겠냐? 아! 프로게이머는 노력하면 70년 후쯤에는 될 수도 있겠다. 아무튼 그래서 깨달았지."

"뭘?"

"내 존재를 증명할 길은 연애밖에 없다는 거."

건우의 표정이 밝아졌다. 덩달아 내 기분도 조금 좋아졌다.

"야, 연애가 혼자 하는 게 아닌 건 알지?"

건우의 팔을 툭 치며 장난스럽게 말했다.

순간 하림이 생각이 났다. 연락해 볼까 싶었던 적이 딱 한 번 있었다. 보나 선배가 준 시험 족보를 보여 주려고. 하지만 결국 연락하지 않았다.

"썸부터 타야지. 올해 크리스마스는 반드시 여자친구랑 보낸다."

"그러니까 누구랑."

"글쎄…… 우리는 자만추 파니까…… 유빈이……?"

"유빈이가 픽이나 너랑 썸을 타겠다. 잘해 봐, 친구."

나는 건우의 등을 두드려 주었다. 우리는 한결 나아진 기분이 되어 각자의 교실로 돌아갔다.

"근데 유빈이는 그냥 한 말이고, 나는 사실……."

교실에서 가방을 들고 나온 건우가 말했다.

"사실 뭐?"

계단을 내려와 현관 앞에서 우산을 폈다. 비는 계속 세차게 내리고 있었다.

"에이, 아니다. 자꾸 생각나는 사람이 있기는 한데, 아직 잘 모르겠어. 확신이 생기면 말해 줄게."

얘가 왜 이러지? 건우는 생각보다 말이 먼저 튀어나올 때가 많은 편이다. 누구지? 누구이기에 생각이 익을 때까지 말하지 않겠다는 거지?

"그냥 힌트만 주면 안 될까? 누군데?"

그때였다. 건우가 놀란 눈으로 운동장을 쳐다보았다.

"헐! 쟤, 조하림 아니냐?"

건우의 시선을 따라 나도 고개를 돌렸다.

"팔짱 낀 것 좀 봐. 둘이 사귀나?"

저 앞에서 하림이와 병서가 우산 하나를 받쳐 들고 교문을 향해 걷고 있었다.

"와, 소문이 맞나 보네. 조하림 쟤, 전교 1등 콜렉터라더라. 우리 중2 때 현중이가 전교 1등이었잖아. 현중이 여친 있는데도 하림이가 뺏었다던데? 애들이 뒤에서 말 엄청 많았어. 하여튼 조하림, 대박! 진심 리스펙! 너한테 그렇게 들이대더니 이젠 병서로 갈아탔네, 갈아탔어."

건우의 호들갑에도 나는 아무 말도 하지 않았다. 척 봐도 둘은 매우 다정해 보였다.

집에 도착했을 때는 운동화가 흠뻑 젖어 있었다. 20여 분 거리를 건우와 함께 걸었다.

"라면 있지?"

건우가 제 집처럼 싱크대 문을 열었다 닫았다 하더니 베란다에서 라면 다섯 개를 가져왔다. 신속하게 가스레인지에 냄비까지 올려놓은 건우는 식탁 의자에 앉아 휴대폰을 들여다보기 시작했다.

나는 젖은 교복을 옷걸이에 걸어 베란다에 널어 둔 뒤 건우한테 수건을 건넸다.

"됐어."

"닦아. 물 떨어지잖아. 아니면 체육복 줄 테니까 갈아입든지."

건우는 수건을 받아 들더니 머리랑 옷 이곳저곳을 닦았다. 그 사이 물이 끓어 라면을 넣었다.

우리는 라면 다섯 개를 끓여 순식간에 해치웠다. 배가 엄청 고팠던 터였다. 그릇을 치우는데 건우 휴대폰이 울렸다.

"준호랑 있어. ……응. ……응. ……먹었어. ……묻지 마. 개망했어. ……묻지 말라는데, 왜 자꾸 물어? 자꾸 그러면 집에 안 들어갈 거야. ……학원 갔다가 저녁 먹고 갈게. ……알았어."

전화를 끊은 뒤 건우가 나를 쳐다보며 고개를 절레절레 흔들었다.

"엄마?"

"응. 미치겠어. 똑같은 소리를 계속해."

"학원 갈 거야?"

"아니. 아까 학원 선생한테 문자 온 거 씹는 중. 학원 안 가. 이 시국에 내가 학원 가서 중간고사 답 맞춰 보고 싶겠냐고! 그냥 여기서 뭉갤래. 삼촌 늦게 오지?"

나는 크게 고개를 끄덕였다. 아까 혼자 있고 싶다고 했던 거, 취소다. 건우의 저 쉬지 않는 입이 아니라면 나는 더 우울해졌을지도 모른다.

중간고사 충격은 저 아래로 잠수해 버렸다. 계속 그 장면만 떠올랐다. 아무도 없는 운동장 가장자리 길을 병서와 하림이가 다정하게 우산을 들고 가던 뒷모습.

내가 하림이와 만날 때와는 전혀 다른 풍경이었다. 우리는 나란히 걸을 때도 최소 50센티미터 이상의 거리를 유지했고, 급식 먹을 때도 맞은편에 앉았다. 이제야 비로소 알게 되었다. 하림이와 나는 썸 타는 사이도 아니었던 것이다.

사귄 적도 없는데, 차인 기분이었다. 모의고사에 이어 중간고사도 망쳤고, 정독실에서도 쫓겨날 거고. 아무 생각도 하기 싫어서 폰 게임을 켰다. 건우는 이미 방바닥에 누워서 폰 게임을 하고 있었다.

배터리가 방전된 뒤에야 창밖을 보니, 비는 그쳐 있었다. 충전을 하면서 계속 게임을 할까 하다가 에이, 하면서 침대에 누웠다. 그러다 잠이 들었다. 전날 시험공부한다고 잠을 설친 데다 방 안이 따뜻해서 이불 속에 녹아들었다. 얼마나 깊이 잤는지, 깨어 보니 사위가 어둑했다. 방바닥에서 건우도 자고 있었다.

저녁은 뭘 먹지? 생각하며 휴대폰을 들었다. 유빈이한테 톡이 와 있었다. 나는 유빈이한테 전화를 걸었다.

"자느라고 톡 이제야 봤어. 무슨 일이야?"

"보나 언니가 연락이 안 돼."

유빈이 목소리에 걱정이 구름처럼 깔려 있었다.

"뭐? 나한텐 연락 온 거 없어. 아, 잠깐, 건우한테 물어볼게."

방금 전, 내가 유빈이랑 통화를 시작할 때 깬 건우는 휴대폰을 보더니 고개를 절레절레 흔들었다.

"건우한테도 연락 없었나 봐. 선배 휴대폰 무음으로 해 놓은 거 아니야?"

"아냐, 언니 폰 꺼져 있어. 일단 내가 다른 데 연락 좀 해 보고, 자세한 얘기는 나중에 해 줄게."

유빈이는 다급하게 전화를 끊었다.

"보나 선배한테 무슨 일 생긴 건가?"

내 말에 건우가 골똘히 생각하는 표정으로 말했다.

"음, 내 생각에…… 보나 선배, 또 잠수 탄 거 아닐까?"

"잠수? 선배에 대해 뭐 아는 거 있어?"

"잘 아는 건 아닌데……. 너, 보나 선배네 집안 얘기 알아?"

건우가 나를 쳐다보며 물었다.

6. 도저히 안 될 땐 과감히 투항하기

열 시가 넘었는데도 아무 연락이 없었다. 시간이 지날수록 걱정이 눈처럼 쌓여 갔다. 게임도 손에 안 잡혔다. 그사이 건우는 유빈이와 보나 선배한테 메시지를 남겼다. 유빈이에게서만 짧게 답이 왔다. 보나 선배한테 연락 오면 알려 주겠다고.

건우 말로는 보나 선배네 집안이 엄청 대단하다고 했다. 부모님은 두 분 다 명문대 출신이고 아빠는 사업가, 엄마는 변호사라고. 일가친척 중에는 교수도 많고 국회의원도 있다고 했다.

"부모님 기대치가 너무 높아서 보나 선배 성적에 대한 압박이 장난 아닌가 봐. 전교 1등을 못 하면 집안이 발칵 뒤집힌다는 거야. 전에도 시험 끝나는 날 폰 꺼 놓고 사라져서 다들 밤늦게까지 찾아다녔다고 하더라고. ……별일 없어야 할 텐데."

"보나 선배 성적 좋잖아. 정독실은 과외랑 학원 때문에 안 들어간 거 아니야?"

"성적 좋지. 근데 선배네 부모님은 만족 못 할걸? 로스쿨 가라고 한대. 서울대 로스쿨. 서울대 출신들도 로스쿨 많이 떨어진다는데, 빌어먹을 서울대 로스쿨이 목표니. 어휴, 그러니 올 만점이 아니면 용납을 못 하나 봐."

"야! 숨 막힌다. 그렇게 똑똑한 딸한테 더 잘하라고 하면…… 너무한 거 아니야?"

"자꾸 압박하면 공부도 더 안되는데, 어른들은 그걸 모르네."

"내 말이! 가만 놔둬도 스트레스인데……. 근데 보나 선배 얘기 누구한테 들었어?"

"우리 반 오세준. 세준이 형이 작년에 보나 선배랑 같은 반이었는데, 보나 선배 좀 유명했대."

마음이 복잡했다. 나는 보나 선배만큼 뛰어난 고등학생을 본적이 없다. 똑똑할 뿐 아니라 늘 당당하고 멋지고 대단해 보였다. 그런 선배도 성적에 대한 압박으로 힘겨워한다니.

모르겠다. 달리는 말에 채찍질하는 것처럼 더! 더! 더! 잘하라고, 죽을 때까지 '노오력'해서 최고가 되라고 한다면, 죽을 때까지 행복해질 일은 없지 않을까? 그래서 보나 선배가 실수로라도 부자가 되고 싶지 않다고 했나? 욕심은 바닷물처럼 마실수록 갈증만 더한다는 걸 일찌감치 파악해서?

갑자기 보나 선배가 친근하게 느껴졌다. 선배도 나처럼 인간이

구나. 저런 스트레스 속에서 사느라 얼마나 힘들었을까?

마음이 복잡했다. 건우는 집에도 안 가고 유튜브 코믹 영상을 시리즈로 보았다. 영상을 보면서도 한 번도 웃지 않았다. 연락이 온 건 열한 시가 막 지나서였다.

"걱정했지? 보나 선배 서점 갔었대. 폰 꺼져 있는 줄 몰랐대."

전화 너머에서 유빈이가 말했다. 목소리가 밝았다.

건우는 결국 집에 가지 않았다. 나랑 잔다고 하니 쉽게 허락이 떨어졌다. 열두 시가 다 되어 들어온 삼촌은 우리를 번갈아 쳐다보며 말했다.

"앞으로 이런 일 자주 생길까 봐 미리 말하는데, 일주일에 1회 이상은 안 돼. 그 이상으로 친구 데려오고 싶으면 숙박비 내."

"어휴, 일주일에 1회가 어디예요? 삼촌은 역시 너그러우신 분이네요."

건우가 너스레를 떨었다.

침대를 건우에게 양보했다. 오랜만에 뜨끈한 바닥에 등을 대고 누웠다.

그런데 잠이 오지 않았다. 불을 끄니 보나 선배 일로 밀려났던 중간고사 걱정이 다시 수면 위로 튀어 올랐다. 시험 망한 거 같은데 어쩌지? 정독실에서 쫓겨나 교실에서 야자하면 얼마나 창피

할까? 집에 부담 안 주고 과외 없이도 잘 해내고 싶었는데. 이러다간 한숨도 못 잘 것 같아서 애써 좋은 생각을 떠올리기로 했다. 그래, 내일은 K리그 경기를 보러 간다. 유빈이가 표를 예매했다. 보나 선배도 같이 가는 건가? 그런데 시험도 죽 쒀 놓고선 이렇게 놀러 다녀도 되나? 아냐, 아냐. 좋은 생각, 즐거운 생각······.

"너, 교과서는 어떡해? 내일 과목들 사물함에 다 있어?"

누운 채로 내가 물었다. 건우도 잠이 잘 안 오는지 계속 뒤척였다.

"아니. 엄마랑 내일 교문 앞에서 만날 거야. 통사랑 영어 들고 오기로 했어. 교과서 너한테 빌리면 된다고 오지 말라고 했는데, 굳이 오겠다네. 새벽에 여기로 온다는 걸 학교로 오라고 했지. 엄마한테 플래너도 들고 오라고 했더니 좋아하더라. 사실 플래너가 있어야 안심이 돼. 시험 망쳤다고 계속 망할 수는 없잖아?"

건우가 말했다.

좋겠다, 엄마가 가방까지 챙겨 주고. 이 소리가 목구멍까지 올라오려는 걸 꿀꺽 삼켰다. 엄마 소리를 듣자 울컥 올라오는 마음도 같이 삼켰다. 엄마가 보고 싶었다. 지금 뭐 하려나. 자고 있으려나.

건우와 나는 일찍 집을 나섰다. 교문 앞에서 건우 엄마가 기다리고 있었다. 나는 꾸벅 인사를 했다.

"주먹밥 만들었어. 준호랑 같이 먹어."

쇼핑백을 건네며 건우 엄마가 말했다. 우리 집 사정을 안 뒤부터, 건우 엄마가 은근히 나까지 챙겨 주는 것을 느낀다. 내 실내화 슬리퍼도 건우 엄마가 사 주신 거다. 건우 거 살 때 내 것까지 샀다고 했다.

시리얼을 먹고 나왔는데도 도시락을 보자 배가 고팠다. 우리는 운동장 벤치로 가서 주먹밥을 나눠 먹었다. 그때였다. 씽하고 우리 앞을 스쳐 지나가는 인간이 있었다.

"대박! 병서 좀 봐!"

건우가 말했다. 헬멧을 쓴 민병서가 킥보드를 타고 저만치 가고 있었다.

"저 킥보드 엄청 비싼 거겠지? 근데 저거 타고 등교해도 되나? 하긴, 병서는 뭔 짓을 해도 학교에서 다 봐주겠지."

우리 말고도 등교를 하던 많은 애들이 병서를 쳐다보았다. 자전거 거치대에 킥보드를 두고 병서는 헬멧을 벗었다. 현관 앞에는 조하림이 기다리고 있었다. 병서는 자연스럽게 하림이의 어깨에 팔을 둘렀다.

"사귀는 거 확실하네. 저것들."

계속 떠드는 건우 옆에서 말없이 주먹밥만 먹었더니 목이 멨

다. 약간 속이 쓰렸다.

교실은 어제와는 또 다른 분위기였다. 시험이 끝난 지 만 24시간도 안 지났는데 과목별 등급 컷에 대한 이야기로 아이들이 웅성거렸다. 그렇다. 두성고가 이런 학교다. 중간고사까지 등급 컷을 내는 요상한 학교.

예감대로 상황이 흘러가고 있었다. 수행평가와 기말고사를 합쳐야 정확한 등급이 결정되지만, 어쨌든 나는 세 과목에서 2등급을 받았다. 정독실에서 쫓겨나는 건 시간문제다. 기말에 만회해서 올 1등급을 받아야겠다는 다짐도 할 수 없었다.

이번에도 민병서가 전교 1등이었다. 전교 2등과 점수 차이가 꽤 날 만큼 압도적 성적이라고 했다. 병서는 과학의 날 교내 발명 대회에서도 금상을 받았다.

"민병서, 영어 에세이 대회에서도 최우수상 탔어. 상 몰아주기 한다는 소문 있는데, 사실인가 봐."

건우가 말했다. 그게 사실일지 모함일지 누가 알까? 이런 경우 진실은 끝끝내 알 수 없다.

내심 바랐다. 담임이 나를 교무실로 불러 주기를. 성적이 떨어졌구나. 무엇이 문제지? 이런 말을 걸어 주면 얼마나 좋을까? 하다못해 야단이라도 친다면 고마울 거다. 그렇지만 담임은 나에 대한 기대를 싹 내다 버렸나 보다. 아니, 애초에 없었는지도 모른다. 운이 좋아서 수석으로 입학했지만 그래 봐야 시민중 출신이 잖아. 선생님들의 무심한 눈빛에서 이런 목소리가 들려오는 것만 같았다.

물론 학교는 상담실을 잘 운영하고 있다. 학습에 어려움을 겪으면 주저하지 말고 달려가면 된다. 교무실에는 모르는 문제를 물어보면 친절하게 답해 줄 선생들이 기다리고 있고, 진학 상담실도 하루 종일 열려 있다. 실제로 쉬는 시간마다 들락거리는 아이들이 꽤 있다.

그런데 내가 가서 무슨 말을 한단 말인가? 선생님, 제가 어떻게 하면 다시 전교 1등을 할 수 있을까요? 아님 혹시 로또 1등 당첨되는 비결 아시나요? 저희 집 사정이 좀 곤란하거든요, 아빠 대장암 신약 치료 받고 있는데 치료비가 장난 아니래요. 일타 강사 과외도 좀 받아 보고 싶은데, 이런 말을 지껄여 볼까?

어릴 때부터 칭찬에 익숙하고, 인정받지 못하는 상황은 겪어 본 적이 없었다. 그래서 두성고에 들어온 순간부터 내내 혼란스러웠다. 꼭 학교가 날 밀어내는 기분이다. 물론 버티는 수밖에 없을 것이다. 두성고에서 생존하려면 추락한 나의 지위를 받아들이고, 자존심이고 뭐고 내던져야만 한다.

아니면…… 전학을 가거나.

"어쩌다 내 인생이 이렇게 쭈글쭈글해졌는지 모르겠다. 이런 빡센 학교에 온다고 좋아했다니. 내가 미쳤었나 봐."

건우가 말했다. 우리는 교문 앞에서 유빈이를 기다리는 중이었다.

"하긴 덜 빡센 학교가 어디 있겠냐? 어디든 피 튀기는 전쟁터지. 대학에 가려면 어쩔 수 없지 않겠어? 씨 발라 먹을! 그런데 준호 너, 진짜 축구 보러 가도 돼? 말 안 하고 정독실 빠지면 안 혼나?"

건우가 물었다.

"내일모레 짐 쌀 건데 누가 혼내겠어?"

사실 아침부터 고민했다. 미리 말을 할지 말지. 진학부장에게 찾아가서 '오늘 정독실 못 갈 거 같습니다. 친구들이랑 축구 경기 보러 가기로 약속했거든요.' 하고 말했다면 진학부장은 뭐라고 했을까? '어이구! 장하구나, 방준호! 중간고사도 제대로 날려 주시고, 야자도 안 하겠다고 하고! 아주 다이내믹한 인생이십니다.'라고 대답했겠지? 아닌가? 나갈 때 나가더라도 오늘 한 그루의 사과나무를 심는 심정으로 정독실에 가라고 했을까? 모르겠다. 어쨌든 오늘만큼은 정독실에 가고 싶지 않았다.

'며칠 후면 쫓겨날 애가 그래도 악착같이 기어들어 오네.'

다들 이런 눈빛으로 나를 쳐다볼 것만 같았다.

현실이 파도처럼 무섭게 다가왔다. 나는 최선을 다했다. 그런데도 결과가 이 모양이다. 내가 혼자 공부해 봤자 어차피 성적도 안 오를 것이다. 변별력을 위해 내는 한두 문제가 쥐약인 것을. 언제나 21번, 30번 문제가 등급을 가르고 당락을 결정짓는다. 고액 과외의 위력은 그런 데에서 발휘된다.

이 학교는 내가 있을 곳이 아닌 것 같다는 생각이 자꾸 들었다. 엄마 아빠 생각이 났다. 부모님이랑 함께 사는 게 좋지 않을까? 그래, 전학이 나에게 또 다른 문을 열어 줄지도 모른다.

"어버이날에 엄마 아빠한테 다녀올까 싶다."

"어버이날 당일에? 결석하려고?"

"아니, 그 주 토요일에 가 보려고."

"그래, 너 다녀온 지 오래되긴 했지."

"응. 근데 유빈이는 왜 안 오냐?"

현관을 바라보며 내가 말했다.

"쓰레기 분리수거하고 온다고 했잖아. 근데…… 준호야, 나, 물어볼 거 있어."

"뭐, 뭔데?"

"입에서 개구리가 왜 튀어나와?"

"응? 개구리?"

"지난번에 보나 선배가 그랬잖아. 진로 얘기하면 입에서 개구리가 튀어나올 것 같다고."

생각났다. 보나 선배가 했던 그 말.

"아, 그 말? 동화 얘기 아니야? 전래동화인지, 그림 형제인지 하여튼 어릴 때 읽은 이야기 있잖아. 어떤 사람이 죄를 지어서 벌을 받아. 그래서 말을 할 때마다 입에서 개구리랑 뱀이 튀어나와. 난 그 얘기로 알아들었는데?"

"아하! 나도 기억나. 와, 어떻게 그런 표현을 쓸 수가 있지? 하여튼 보나 선배는 진짜 남달라."

"그렇긴 하지. 그러니 코어 회장도 되었겠지."

"보면 볼수록 존경심도 들고, 안쓰럽기도 하고. 그날 서점에 있었다고 했지만 딱 봐도 잠수 탄 거잖아. 근데…… 보나 선배 좀 귀엽지 않냐?"

건우는 여기까지 말하더니 어쩐 일로 잠시 동안 별말이 없었다. 혼자서 뭔가 골똘히 생각하는 듯하더니 다시 입을 열었다.

"준호야. 너한테만 말하는 건데, 비밀 지켜 줄 수 있어?"

나는 고개를 끄덕였다.

"나, 보나 선배 좋아하는 거 같아. 저번에 말했잖아. 자꾸 생각나는 사람 있다고. 그 사람이 보나 선배야."

흔들림 없는 눈빛이었다.

"진짜?"

"응."

"와, 대박. 그럼 고백할 거야?"

내 말에 건우가 씩 웃었다.

"보나 선배, 내년에 고3이잖아. 기다리려고. 그리고 나는 보나 선배 생각만 해도 좋아. 그냥 좋아."

건우의 이런 표정은 처음 본다. 장난기를 덜어 낸 말투도. 진지하고 행복해 보였다.

살랑살랑 바람이 불었다. 유빈이와 건우 그리고 나는 울타리처럼 길게 이어진 조팝나무 꽃길을 따라 천천히 걸었다. 보나 선배는 결국 함께 못 간다고 했다. 유빈이가 와서 그 소식을 전하자 건우 얼굴에 실망한 기색이 역력했다.

셋이서 마을버스 맨 뒷자리에 나란히 앉았다.

"근데 경기 끝나면 몇 시지?"

건우가 물었다.

"아홉 시."

"연장전까지 가게 되면? 아홉 시 삼십 분에 끝나나?"

유빈이를 쳐다보며 건우가 다시 물었다. 이제 두 정류장만 지나면 월드컵경기장 가는 버스로 갈아탈 것이다.

"리그 중에는 연장전 없어. 그냥 아홉 시에 끝나. 근데 왜? 건우 너 약속 있어?"

"약속은 없는데……. 아까부터 계속 톡 온다, 학원 담임한테서. 시험 다음 날이라 봐줄 줄 알았는데, 절대 안 된대. 경기 끝나고 후다닥 가서 마지막 수업 하나 들을 수 있을지 계산 중."

건우 말에 약간 짜증이 났다. 유빈이가 티켓 예매까지 도맡아 했다. 학원 빠지고 경기 갈지 말지는 예매 전에 결정했어야지. 지금 와서 이러는 건 아니지.

"경기 끝나고 날아가도 마지막 수업 못 들어. 지금 결정해. 학원 갈지 경기장 갈지."

내가 나서서 단호하게 말했다. 건우의 입이 한 댓 발 나와 있었다. 보아하니 경기장 가는 게 썩 내키지 않아 보였다. 보나 선배가 같이 갈 줄 알고 가겠다고 했는데, 우리 셋만 가니까 실망한 게 분명하다. 나와 유빈이처럼 정호빈 팬도 아니고.

급기야 건우는 학원 담임의 전화를 받고야 말았다. 마을버스에서 내려 갈아탈 버스를 기다리고 있을 때였다.

"진짜 미안! 도저히 안 되겠다. 오늘 학원 안 가면 나 죽어! 티켓값은 다음에 줄게. 미안!"

통화를 끝낸 뒤 건우가 말했다.

"괜찮아. 얼른 가 봐."

유빈이가 선선하게 말했다. 건우는 나와 유빈이를 한 번씩 쳐다보며 눈을 찡긋했다. 그러더니 전철역 쪽으로 뛰어갔다.

　잠시 후 버스가 왔다. 유빈이와 나는 버스 중간 자리에 나란히 앉았다.

7. 패배에 대한 맷집을 기르기

월드컵경기장 주변은 축제였다. 경기 시작 전부터 서포터스들이 몰려다니며 응원 나팔을 불었다. 그때 유빈이가 나에게 백팩을 잠깐 맡기더니 점퍼를 벗었다.

"와, 언제 입은 거야? 교복은?"

유빈이는 점퍼 안에 파란 유니폼을 입고 있었다. 등에는 정호빈의 이름과 그의 등 번호 29가 적혀 있었다.

"교복은 학교에 벗어 두고 왔지롱."

나에게서 백팩을 다시 받아 들며 유빈이가 말했다. 목소리가 몹시 들떠 있었다. 내 기분도 덩달아 초속 100미터로 하늘을 향해 날았다.

나와 유빈이는 경기장에 들어섰다. 관중들이 내뿜는 열기가 피부에 와닿았다. 이 뜨거운 열기는 단연 정호빈 때문이었다. 지난 경기 때 입은 부상으로 출전이 불투명하다는 기사가 쏟아졌는데, 다행히도 오늘 라인업 명단에 정호빈이 있었다.

팬들의 응원 덕분인지 경기가 시작되자마자 정호빈은 날아다녔다. 전반 17분, 코너킥 기회에서 정호빈의 골이 터졌다. 첫 골이었다. 와! 우주를 찌를 듯한 함성이 터졌다. 두둥둥 응원 북소리, 나팔 소리. 앉아서 응원하는 사람은 한 명도 없었다. 유빈이와 나도 자리에서 계속 콩콩 뛰면서 응원가를 불렀다. 황홀했다. 소리지르다 목이 터져도 상관없다. 정독실, 중간고사, 대학 입시는 먼나라에서 떠도는 풍문 같은 것. 카르페디엠! 심장이 불타는 우리는 지금 여기에서 축제의 노래를 부른다.

"포르자! 수원! 알레알레 정호빈! 알레알레 오! 사랑한다, 나의 사랑 나의 호빈!"

정호빈의 골 덕분에 수원 팀이 1대 0으로 승리했다. 유빈이와 나는 버스를 탈 수가 없었다. 터질 것 같은 심장을 좁은 버스 안에 가둘 수 없었다.

우리는 많은 서포터스와 함께 길을 걸었다. 연한 초록 이파리가 돋아난 가로수 아래로 승리의 축가가 울려 퍼졌다.

"와, 나도 서포터스 할까? 너무 좋다."

큰 목소리로 내가 말했다.

"나도. 근데 안 이겼으면 이만큼 신나진 않았을 거야."

유빈이가 한결 차분해진 목소리로 말했다.

"그렇긴 하지."

"지는 날이면 분해서 잠이 안 와."

"나도 비슷해. 지면 다음 날까지 기운 빠져 있어."

"결국 패배에 대한 맷집이 있는 사람이 서포터스로 오래 남는 것 같더라고."

우리 곁으로 또 한 무리의 서포터스가 지나갔다. 패배에 대한 맷집이라고? 인생에서 패배는 디폴트값으로 주어진 거라는 말인가? 문득 엄마가 말해 준 생텍쥐페리의 기도문이 떠올랐다. 인생의 모든 것이 순조롭게 진행되어야 한다는 순진한 믿음을 갖지 않게 해 달라고. 고난, 패배, 좌절은 삶에 주어진 당연한 덤이고, 그로 인해 우리는 분명 성장하는 거라고.

그렇지만 난 패배가 싫은데.

"그럼 승승장구하는 팀 서포터스를 하면?"

"승리만 하는 팀이 어디 있냐? 그리고 매번 이기기만 하면 무슨 재미겠어."

우리는 잠시 아무 말 없이 걷기만 했다. 경기를 볼 땐 잊고 있었던 중간고사 생각이 자꾸 떠올랐다.

"하긴, 그러고 보면 승자와 패자를 나누는 경쟁은 영원히 없어지지 않을 거 같아. 인간의 욕망이 어쩔 수 없이 경쟁을 만들어 내잖아."

내 말에 유빈이가 진지한 목소리로 대답했다.

"그러게. 그렇지만 룰이 공정해야지. 축구 경기처럼."

한참 걷다 보니 어느덧 원형 육교 정류장 앞이었다. 그사이 많은 사람들이 버스를 타고 떠났다. 결단을 내려야 할 시점이었다. 계속 걷거나 여기서 버스를 타거나.

"참! 너 오늘 정독실 안 가서 혼나는 거 아냐?"

가로등 아래에서 유빈이가 물었다. 땀에 젖은 몇 가닥의 머리카락이 유빈이의 볼에 붙어 있었다.

"안 혼나. 나 시험 망해서 어차피 정독실에서 보따리 싸야 해. 넌 잘 쳤어?"

나는 아무렇지 않은 듯 말했다.

"아니! 완전 망쳤어. 근데 괜찮아. 어차피 시험공부도 안 했고."

버스 정보를 보니 타야 할 버스는 19분 후에 도착할 예정이었다. 우리는 기다리느니 조금 더 걷기로 했다. 원형 육교를 건너 메타세쿼이아길을 한 정류장쯤 걸으면 버스가 알맞게 도착할 것이다.

"있잖아, 내가 왜 시험공부를 많이 안 했느냐 하면……."

유빈이가 말했다.

"나, 1학기 끝나고 전학 갈 거야."

지금 내가 무슨 소리를 들은 거지?

"정말? 왜? 어디로?"

갑자기 머리를 한 대 맞은 거 같았다. 전학? 전학이라고?

유빈이는 특성화고로 전학 갈 거라고 했다. 원래 그 학교로 진학하고 싶었는데, 아빠의 극렬한 반대 때문에 우리 학교로 오게 된 거라고. 하지만 엄마의 지지 덕분에 지금은 아빠를 80퍼센트쯤 설득했다고 했다. 유빈이 아빠는 전학 가더라도 1학기를 마치고 가라는 조건부 허락을 했다. 아마도 성적이 잘 나오면 아빠가 계속 다니라고 할 거 같으니 자기는 일부러라도 성적이 나빠야 한다며 장난스럽게 웃었다.

"관광경영학과 갈 거야. 여행에 관심이 많거든. 엄마가 알아봤는데, 전학 가능하다는 대답 들었어."

서운한 감정이 스멀스멀 올라왔다. 나름 친하다고 생각했는데, 유빈이는 같이 어울리는 순간에도 우리랑 헤어질 생각을 했다는 말인가?

"전학 갈 거였으면서 코어에는 왜 지원했어? 경쟁률 빡셌는데, 네가 지원 안 했으면 너보다 절박한 애가 붙었을 거잖아."

서운한 마음에 유빈이를 추궁하는 말이 튀어나왔다.

"아, 그런가……? 나 전학 간 뒤에 한 명 더 뽑으면 되지 않을까? 아님, 지금이라도 동아리 그만둬야 하나?"

"아, 아니. 그런 뜻은 아니고……."

"나는 그냥 깍두기라도 좋다고, 붙여만 주면 열심히 하겠다고 했거든? 근데 네 말 들으니까 내가 좀 경솔했나 봐."

"아니야 아니야, 내 말 신경 쓰지 마. 괜한 말 해서 미안. 네가 코어에 들어와서 다행이야. 난 동아리에서 너 만난 게 진짜 좋단 말이야."

그때 우리가 탈 버스가 저만치서 오는 게 보였다. 유빈이와 나는 정류장까지 뛰기 시작했다.

다행히 버스를 탈 수 있었다. 도심에서 오는 버스여서 빈 좌석이 없었다. 우리는 손잡이를 잡고 나란히 섰다.

"동아리 활동은 한 번쯤 꼭 해 보고 싶었어. 난 대학도 안 갈 거니까, 고등학교에서 경험해 봐야겠다고 생각했지."

"정말 대학을 안 갈 거야?"

"응."

유빈이는 자기가 왜 대학을 선택하지 않는지에 대해 얘기했다. 유빈이네 부모님은 두 분 다 대졸자인데 지금은 전공과 상관없는 일을 한다고 했다. 대기업에서 명예퇴직한 아빠는 트럭 운전을 하시고, 유빈이를 낳으며 직장을 그만두었던 엄마는 지금 요구르트 배달을 하신다고.

"오빠는 대학 휴학하고 지금 군대 갔는데, 그냥…… 머리가 완전 꽃밭이야! 아무 생각이 없어. 대학 입학하고 공부하는 꼴을 못 봤다니까. 학교가 마음에 안 들어서 그런다는데, 팔자 편한 백수인 거지. 군대 다녀오면 정신 차릴라나."

"음, 남 얘기 같지 않네."

유빈이의 말을 들으니 뜨끔했다. 나라고 뭐 다를까? 과연 나는 분명한 목표를 갖고 대학을 가려는 건가? 역사에 관심 있다곤 해도, 다들 가는 분위기에 떠밀려 대학에 가려는 건 아닌가?

"사교육 비용이 장난 아니잖아. 대학 졸업한 뒤에 취직해서 그동안 쏟아부은 비용을 다 회수하려면 몇십 년 걸린다 하더라고. 평생 벌어도 회수 못 하는 사람들도 있고. 그런데 우리 집 형편이 그리 넉넉한 게 아니거든. 내가 공부에 적성이 있는 것도 아니고. 우리가 물건 하나 살 때도 가성비 따지는데, 이건 내 인생이잖아. 따져 보니까…… 나한테 대학은, 그냥 돈지랄이야."

창밖을 보며 담담하게 말하는 유빈이는 평소보다 더 당차 보였다.

"그럼 대학 가는 거 대신 네가 하고 싶은 게 뭔지 물어봐도 돼?"

"나는 일단 고등학교 졸업하면 여행사에 취직하고 싶어. 그렇게 경험 쌓은 다음, 직접 여행사를 차리는 거야. 유명한 관광지 모아서 상품으로 내놓는 그런 여행사 말고, 알려지지 않은 명소 발굴해서 스토리를 입히고 소개하는 여행사."

"오, 그거 괜찮다. 나 나중에 취직 못 하면 너희 여행사에 취직시켜 줘."

내 말에 유빈이가 웃었다.

"이렇게 말해 놓고 나중에 내 꿈이 완전히 다른 걸로 바뀌면 어쩌지? 그럴지도 몰라. 아빠 명퇴당하는 거 보고 확실히 느꼈어. 스무 살도 안 된 시기에 평생 진로를 결정한다는 건 말도 안 되는구나, 하고. 하여튼 나는 대학 대신 두루두루 경험을 쌓고 싶어. 길은 직선도 있고, 구불구불 돌아서 가는 길도 있잖아."

유빈이의 말을 들으니 내가 조금 한심하게 느껴졌다. 유빈이는 내가 생각했던 것보다 훨씬 더 단단한 아이였다.

"참, 너 사학과 가고 싶다고 했잖아. 봉사 어디서 해?"

유빈이가 물었다.

"도서관. 하고 싶은 봉사 다 안 됐거든."

"나 박물관 봉사 다니는데. 같이 할래? 특성화고 애들 몇 명이랑 SNS로 알게 됐는데, 그중 한 친구가 박물관을 알려 줬거든."

그 말에 귀가 번쩍 뜨였다. 유빈이가 다니는 박물관은 1365 자원봉사포털 사이트에 뜨지 않은 곳이었다.

"나야 완전 좋지. 그런데 대학에 안 간다면서 봉사는 왜?"

"그냥 재밌어서. 너도 생각 있으면 같이 하자."

유빈이 말에 내가 손을 번쩍 들었다. 우리는 버스 손잡이를 잠시 놓고 하이파이브를 했다.

건우의 짝사랑은 그 어느 때보다 진지했다.

'너한테만 하는 말인데, 비밀 지켜 줄 수 있어?'

건우는 이 말을 유빈이한테도 했다. 그리하여 건우가 보나 선배를 좋아하는 걸 유빈이도 알게 되었다. 비밀을 공유하고 난 뒤, 우리 셋은 점점 더 가까워졌다.

셋이 함께 급식을 먹는 날도 많아졌다.

"야, 그런데 있잖아. 전에는 누굴 막 지켜 주고 싶다, 이런 말 들으면 속이 느글거렸거든? 뭘 지켜? 각자 알아서 사는 거지, 싶었는데 지금 내가 그런 생각을 하고 있더라고."

"아이고, 누가 누굴 지켜? 건우 너나 잘해. 알잖아. 보나 언니, 자기 앞가림 잘하는 거."

유빈이가 내 식판에 있는 잡채를 가져다 먹으며 말했다. 나는 내 식판에 남아 있던 잡채를 싹 긁어 유빈이 식판으로 옮겨 주었다.

"근데 도대체 선배 부모님은 왜 그러시냐? 나라면 그런 딸 있으면 매일 업어 주겠구만."

"그럼 이제부터 건우 네가 보나 언니 업어 주고 지켜 주고 막 그래. 그러려면 오늘부터 빡세게 운동해야겠다."

유빈이가 건우를 놀렸다.

저쪽 정수기 옆자리에선 병서와 하림이가 나란히 앉아서 밥을 먹고 있었다. 요즘 하림이의 SNS는 병서랑 다정하게 찍은 사진으로 도배되어 있다.

"쳐다보지 마. 지들한테 관심 있는 줄 알잖아."

건우가 말했다.

"참, 준호야! 박물관 봉사 이번 토요일에 모이는데 나와라."

유빈이가 말했다. 유빈이는 그새 밥을 다 먹었다.

"나 이번 토요일 안 돼."

"왜?"

"엄마 아빠 보러 가야 해. 어버이날. 미리 다녀오려고."

내 말에 유빈이는 고개를 끄덕였다. 집에 가는 것도 가는 거지만, 전학에 대해 한번 의논해 볼까 싶었다. 유빈이가 박물관 봉사를 말했을 때는 앞날이 훤히 보이는 거 같았는데, 또 안갯속이었다. 하루에도 열두 번씩 마음이 왔다 갔다 했다. 만약 엄마 아빠 있는 쪽으로 전학을 간다면 여기서 새로운 상황을 만드는 게 괜한 짓은 아닐까. 그런데 전학 가면 과연 내가 행복해질 수 있을까.

그때였다. 건우가 내 옆구리를 쿡쿡 찔렀다. 민병서가 우리 자리로 다가오고 있었다. 하림이는 저쪽에 혼자 서 있었다.

"밥 다 먹었냐?"

병서가 나를 보며 말했다.

"아니, 왜?"

"밥 먹고 나 좀 보자. 아님 수업 끝나고 보든지."

나는 휴대폰을 꺼내 시간을 확인했다. 점심시간은 아직 많이 남았다. 밥 먹고 나가서 건우랑 축구하려고 했는데.

"알았어. 다 먹고 전화할게."

"나 폰 없어. 너희 반은 폰 안 맡기냐? 하여간 밥 다 먹고 운동장 스탠드로 나와. 거기서 기다릴게."

병서는 나한테 이렇게 말하고는 유빈이를 쳐다보며 씩 웃었다. 유빈이도 어색하게 웃었다.

"둘이 아는 사이야?"

건우가 유빈이한테 물었다.

"같은 중학교 나왔잖아. 두성중. 한 반은 아니었는데, 독서 동아리 같이 했었어."

"그렇구나."

건우가 고개를 끄덕였다.

"그런데 너는 민병서랑 어떻게 알아? 중학교도 다른 데 나왔잖아."

유빈이가 나를 쳐다보며 물었다.

"초등 동창. 유치원 동창이기도 하고."

나는 짧게 대꾸했다. 그러자 건우가 옆에서 오지랖을 떨었다.

"어릴 때는 병서랑 친했대. 지금은 아니지만."

어릴 때 병서랑 나는 같은 수영장에 다녔다. 우리 엄마와 병서 엄마가 번갈아 가며 우리를 데려다주었다. 병서 엄마 자동차에는 늘 하리보 젤리가 있었다. 병서는 그중에서 청포도 맛만 골라 먹었다.

초등학교에 입학할 무렵 병서 아빠는 역 부근으로 병원을 옮겼다. 간판도 의원에서 클리닉으로 바꿨다. 최신 장비를 들여놓았다는 소문이 돌았고, 병원은 승승장구했다. 병서 아빠한테 시술받으려면 몇 달을 기다려야 한다고 했다.

가끔 우리 집에서 엄마들이 모임을 할 때 이야기를 들어 보면, 어김없이 병서 아빠가 화제였다. 같은 의사지만 달라도 너무 다른 우리 아빠와 병서 아빠의 인생은 종종 비교되었고, 병서 엄마는 늘 부러움의 대상이었다.

병서 아빠가 떼돈을 벌기 시작할 즈음 병서 부모님은 이혼했다. 그 무렵 엄마는 거의 하루 종일 병서 엄마와 통화했다. 그리하여 나는 민병서네 집 사정을 시시콜콜 알게 되었다. 병서 엄마는 이혼 후 외가가 있는 캐나다로 갔다. 병서 아빠의 외도 상대였던 골프 동호회 아줌마는 현재 병서의 새엄마가 되었다.

병서 엄마가 캐나다로 가 버리고, 새엄마가 들어오기 전까지 병서는 걸핏하면 우리 집에 왔다. 우리 엄마는 그런 병서를 살뜰히 보살펴 주었다. 병서도 우리 집에 와서는 잘 먹고, 잘 웃고, 잘 놀았다.

그때 그 여렸던 민병서는 어디로 간 걸까.

"너 하림이랑 사귀었냐?"

병서가 물었다. 우리는 스탠드에 나란히 앉았다. 운동장에는 몇몇 아이들이 축구를 하고 있었다.

"뭐래. 아니거든. 조하림한테 물어봐."

"전에 하림이랑 자주 붙어 다녔잖아."

"그냥 잠깐 어울린 거야. 중학교 동창이잖아."

"그럼 썸이었냐?"

"너 지금 하림이랑 사귀는 거 아니야?"

"맞아. 사귀는 거."

"근데 왜? 나랑 사귀는 사이였을까 봐?"

"아닌 거 같기는 했어. 그냥 궁금해서. 궁금할 수도 있잖아."

그러고는 나를 물끄러미 쳐다보았다.

"뭘 봐."

"그럼 노유빈이랑은 어떤 사이냐?"

"누구? 나랑 노유빈?"

나는 손가락으로 나를 가리키며 되물었다.

"같은 동아리야. 코어."

"사귀는 사이 아니고?"

"너 점심 잘못 먹었지?"

"그럼 썸이냐?"

"뭐래?"

내 반응에 병서는 입을 삐죽하더니 씩 웃었다. 너 언제부터 나한테 이렇게 관심이 많았냐고 말하려다가 말았다. 한가한 소리나 하는 건 전교 1등의 여유일까? 불쑥 부러움이 일었다.

"야, 나 바빠. 간다."

자리를 털고 일어섰다. 저 멀리서 아쉬운 함성과 함께 축구공이 골대를 훌쩍 넘는 게 보였다.

8. 내 앞에 놓인 일들을 그냥 하기

버스 터미널에서 내려 엄마한테 전화를 걸었다. 엄마는 터미널 맞은편 주차장에서 기다리고 있었다. 집까지 가는 시내버스가 있지만 배차 간격이 뜸해 엄마가 마중을 나온 것이다.

엄마가 나를 껴안았다. 왠지 어색해서 엄마 품에서 바르작대다가 나도 엄마를 슬며시 안았다. 품에서 나를 떼어 낸 엄마가 두 손으로 내 볼을 만졌다. 손이 따뜻했다.

나는 엄마가 운전하는 자동차 조수석에 탔다.

"토요일 이 시간이면 한창 자고 있을 땐데, 우리 준호 다 컸네. 몇 시에 일어나서 나온 거야?"

"일곱 시쯤? 평소보다 늦게 일어난 거야."

내 말에 엄마가 유쾌하게 하하 웃었다. 자동차는 마트와 지붕이 낮은 서점과 사진관이 보이는 길에서 좌회전을 했다. 휴대폰 매장과 동물병원, 농협, 택배회사 대리점과 중학교 건물이 있는

읍내 번화가를 조금 달리니 초록 들판이 나타났다. 내 마음까지 시원해지는 기분이었다.

"엄마, 여기 애들은 학교 어떻게 가?"

"어떻게? 통학 말이야? 집이 어디냐에 따라 다르겠지. 걸어 다니는 아이도 있고, 자전거 타는 아이도…… 참, 우리 동네는 보니까 통학 버스가 오더라. 그런데 왜? 이 동네 학교 관심 있어?"

"응, 그냥 관심만. 시험 망쳤다고 했잖아."

예상과 달리 내 목소리가 덤덤했다.

어버이날은 핑계고 사실 학교랑 멀리 떨어져 있고 싶었다. 중간고사 이후 나를 기다리고 있는 모든 상황이 두려웠다. 게다가 다음 주가 되면 정독실 새 명단이 나올 것이다. 벌써 추방당한 기분이다. 지위를 박탈당한 시민이 갈 곳은 어디에도 없었다.

"다이어트는 내일부터, 시험은 원래 망치는 거."

엄마가 말했다.

"그런 말도 있어?"

"응. 엄마가 방금 만들어 낸 명언이야. 준호야, 시험 안 망친 사람 있으면 나와 보라고 해 봐. 원래 시험은 못 보는 게 당연한 거야. 왜냐? 다들 최상의 목표를 정하거든."

"그래도…… 정독실에서 밀려나면 너무 쪽팔릴 거 같아. 상상도 하기 싫어."

"어이구, 우리 준호가 왜 이리 나약한 말을 하고 그래? 정독실 땜에? ……에이, 처음부터 거기 들어가지 말 걸 그랬어. 아빠랑 그런 얘기 한 적 있거든. 그런데 말을 못 했지. 학교에 막 적응할 시기인데, 그런 말 하면 네가 혼란스러울 거 같아서."

"무슨 말?"

"그렇잖아. 당장 지금만 봐도……. 하여간 뭐, 정독실 안 들어가도 세상은 넓고 공부할 곳은 많아. 그러니 신경 쓰지 마. 여기로 전학 와도 괜찮고. 읍내에 학원도 있어."

엄마가 시원시원하게 말했다. 그런데 막상 전학을 생각하면 또 두렵다. 새 친구를 사귀고 새로운 환경에 적응하는 게 어디 쉬운가? 부모님을 따라 이사 오지 않은 건 그 때문이었다.

강을 가로지르는 다리를 건너니 작은 마을이 나타났다. 길가에는 야생화가 드문드문 피어 있었다.

"어머나! 쟤 좀 봐. 자동차 소리만 듣고도 내가 오는 줄 안다니까."

엄마가 들뜬 목소리로 말했다. 바리가 집 앞에서 꼬리를 흔들고 있었다. 내가 먼저 차에서 내렸다. 못 본 지 두 달이나 더 지났는데도 바리는 날 알아보았다.

아빠가 마당에서 고기를 굽고 있었다. 바리는 신이 나서 계속 펄쩍펄쩍 뛰어다녔다. 집게를 든 아빠가 나를 보더니 팔을 벌렸다. 나는 아빠와 껴안았다. 아빠는 까매졌고, 살도 조금 빠졌다.

"고기랑 새우는 다 구웠고, 이제 상추만 씻으면 돼."

아빠가 말했다. 목소리에도 생기가 넘쳤다.

나는 엄마를 도와 밥과 청국장, 김치와 나물 반찬 들을 마당으로 날랐다. 우리는 봄 햇살 내려앉은 평상에 앉아 점심을 먹었다. 연한 바람이 불었다. 저 아래에는 강이 평화롭게 흐르고 있었다. 고기는 나 혼자 거의 다 먹었다. 오랜만의 가족 식사여서인지 아니면 맛이 좋아서인지 밥도 두 공기나 먹었다.

밥을 먹은 뒤 가방에서 준비해 온 선물을 내밀었다. 카네이션 배지와 선크림이었다.

방에 잠깐 누워 핸드폰을 봤는데, 그러다 잠이 들었다. 깨어 보니 저녁이었다. 엄마 아빠는 저녁밥도 푸짐하게 한 상 가득 차려 주었다. 저녁을 먹고 잠깐 쉰다는 걸 아침까지 또 잤다. 공부할 거리도 잔뜩 싸 가지고 왔고, 엄마랑 아빠랑 하고 싶은 말도 많았다. 그런데 집에 머무는 1박 2일 동안 잠만 잤다. 먹고 자고 먹고 또 자고.

"잠을 잘 자야 하는데."

아침밥을 먹을 때 엄마가 혼잣말처럼 말했다. 집에 와서 내가 잠만 자니까 하는 소리였다. 그동안 얼마나 못 잤으면 내리 잠만 자겠느냐면서.

점심을 먹은 뒤 가방을 챙겨 나왔다. 아빠가 운전을 했고, 엄마는 조수석에, 나는 뒷자리에 앉았다. 나를 보내려니 걱정이 많은 엄마가 이것저것 잔소리를 했다. 밥 꼬박꼬박 잘 챙겨 먹고, 영양제도 챙겨 먹고, 빨래하기 힘들면 택배로 보내라는 소리까지 했다.

"나도 고등학교 다닐 때 잠을 잘 못 잤어. 나중에 알았지. 불안해서 잘 못 잤다는 걸. 아빠 때도 경쟁이 대단했거든. 시험 때마다 소화도 안되고, 불안하니 공부는 더 안되고. 그러다 나만의 비법을 터득했지."

"어떤 비법?"

아빠가 나한테 하는 말인데, 옆에 앉은 엄마가 이렇게 물었다.

"그냥 하는 거야, 그냥. 내 앞에 놓인 것들에 많은 이유를 달지 않고 그냥, 일단 하는 거지. 결과는 어차피 내가 통제할 수 있는 게 아니니까. 결과를 생각하니까 불안한 거거든."

무슨 소리인지 잘 이해되진 않았지만, 나는 버릇처럼 고개를 끄덕였다.

"너무 걱정하지 마. 살아 보니 학벌이 그렇게 중요한 게 아니더라. 아빠가 학벌이 좋으니 자신 있게 말할 수 있어. 학벌보다 실력이 중요한 분야가 점점 많아질 거야. 그러니 너무 마음 쓰지 말고 가능하면 즐겁게 살아."

"지내 놓고 나니 쉽게 말할 수 있지. 어디 애 마음이 그래? 대학이야 나중 문제고, 당장 정독실이 애 피를 말리잖아."

아빠 말에 엄마가 내 대변인처럼 대꾸했다.

"정독실 그거, 그냥 당장 나오면 안 되나? 거기에서 공부하면 잘돼?"

아빠가 물었다.

"응, 좀. 처음에는 답답했는데, 요즘은 좋아."

"그렇구나. 그런데 독서실도 괜찮은 곳 많을 거야. 혹시 모르니 아빠 엄마가 독서실 좀 알아볼게."

그렇구나. 아빠가 저렇게 말하니 문제가 단순하게 느껴졌다. 정독실에서 밀려나면 독서실에 가면 되는 거다.

"혹시 과외나 학원 다닐 거면 말하고. 괜히 우리 걱정해서 학원 안 다니는 거 아니지?"

엄마가 말했다.

"아니야. 학원 안 다니는 애들 많아."

"그래. 봐서 부족한 과목 있으면 학원 다녀. 학원 다니면 정독실이고 뭐고 신경 쓸 필요 없잖아. 시민중 엄마들 단톡방 아직 있거든. 학원 정보 꿰고 있으니, 다니고 싶으면 언제든 말해."

두 분 다 나를 위로하려고 애쓴다는 생각이 들었다. 버스 터미널에서 헤어질 때도 엄마는 나를 껴안으며 또 말했다.

"힘들면 여기로 전학하자. 너무 걱정하지 말고."

검표를 하고 버스에 올랐다. 창밖을 바라보니 엄마 아빠가 나를 향해 손을 흔들었다. 나도 손을 흔들었다.

버스가 터미널을 빠져나올 때 뒤돌아보니 엄마 아빠는 아직도 그 자리에 서 있었다. 두 분 다 조그맣게 보였다. 코가 시큰했다. 눈을 깜박였는데도 눈물이 삐져나왔다. 콧물도 흘렀다. 휴지를 꺼내 닦는데도 줄줄 흘렀다.

저녁은 삼촌이랑 삼겹살집에 가서 먹었다. 삼촌은 소주도 마셨다. 그 자리에서 삼촌이 넌지시 여자친구가 있다는 말을 했다. 결혼까지 생각하고 있다고. 삼촌이 결혼을 하면 나는 어떻게 되는 거지? 당장 이 생각부터 났다.

분위기를 탄 김에 나도 전학 얘기를 슬쩍 꺼냈더니, 삼촌이 말했다.

"전학이 쉽냐? 잘 생각해서 결정해. 나도 중학교 때 전학 가서 겉돌다가 공부할 타이밍을 놓친 거잖냐. 전학은 이민과 같은 거야. 존재의 뿌리를 이동하는 거지. 너무 거창하게 얘기했나? 하여간 나는 전학은 비추다."

"갈 만하면 가는 거지, 뭐. 엄마 아빠 사는 곳이 내 뿌리일 수도 있잖아. 두성고는 겨우 두 달 다닌 거고."

"그래, 마음 가는 대로 해. 네 인생이니까. 그리고 혹시나 해서 말해 두는 건데, 내가 결혼해도 우리 같이 사는 거다. 네가 두성고에 계속 다닌다면 말이야."

삼촌은 조금 취했다. 결혼해서도 나랑 산다고? 말도 안 되는 소리. 하지만 말이라도 고마웠다.

부모님 집에서 잠을 너무 잤는지, 밤에는 잠이 오지 않았다. 아니다. 사실 고등학교에 들어온 이후 깊은 잠을 잔 적이 별로 없었다. 새벽에 깜빡 잠들었다가 알람 소리에 깼다.

나는 냉동실에서 전복죽 두 개를 꺼내 전자레인지에 넣고 돌렸다. 부랴부랴 씻고 나오니 삼촌이 상을 차려 놓았다. 우리는 마주 앉아 전복죽을 먹었다. 월요일 아침은 괜히 분주하다.

등굣길에 나처럼 자전거를 탄 아이들이 많았다. 학교에 도착해서 자전거를 세우는데 병서를 만났다. 병서는 오늘도 전동 킥보드를 타고 왔다.

"이 헬멧 어떠냐?"

병서가 어린아이처럼 웃으며 은빛 헬멧을 가리켰다.

"좋네."

나는 반응하지 않으려다 맘을 고쳐먹었다. 엄마 탓이다. 집에 갔을 때 엄마가 병서 안부를 물었다. 아는 건 별로 없고, 잘 지내는 것 같다고, 병서가 이번에 전교 1등이라고 했더니 엄마는 이렇게 반응했다.

"잘됐네. 하긴, 병서 아빠 극성이 장난 아니지. 병서 의대 보내려고 얼마나 애쓰는지 시민중 엄마들한테까지 소문 다 났더라. 그래도 병서가 잘 따라 주니 얼마나 기특해."

엄마는 병서가 내 자리를 차지했다는 생각은 눈곱만큼도 하지 않았다. 어린 시절 아픔을 겪은 병서에 대해 애틋한 마음이 계속 있는 거 같았다. 엄마 영향을 받아서인지 나도 병서를 마냥 미워할 수가 없다.

"나 전교 1등 했다고 새엄마가 사 줬다. 이거 봐. 이게 카메라야. 전에 쓰던 건 그냥 헬멧이었거든. 너 이런 거 봤냐? 이건 블랙박스 기능도 있어. 내가 얼리어답터잖아. 여기 킥보드에 GPS 경보 장치도 달아 놨다."

병서가 신이 나서 말했다. 마냥 미워할 수 없는 건 맞는데, 참 유치한 것도 맞다.

"좋겠다. 부럽다."

나는 영혼을 끌어모아 병서가 원하는 답을 해 주었다. 사실 전교 1등 후광에다 비싼 킥보드까지 타고 나타나니 병서가 더럽게 멋져 보이긴 했다.

병서와 나는 교실로 가기 위해 현관으로 들어섰다. 그때 현관 수족관 앞에 서 있던 하림이가 병서를 쳐다보았다. 병서는 하림이를 외면하고 계단을 올랐다. 뭐지? 둘이 싸웠나? 뭐, 내가 상관할 일은 아니지만.

교실에 와서 가방을 내려놓는데, 뒤통수가 서늘했다. 뒤돌아보니 우리 반 교실 뒷문에 하림이가 서 있었다.

"얘기 좀 하자."

말투는 공격적이고, 눈빛은 단호했다. 2교시인 통합과학 숙제를 해야 했지만, 어쩔 수 없이 하림이를 따라 복도로 나왔다.

"너, 병서랑 무슨 얘기 했어?"

하림이가 따지듯 물었다. 우리는 아이들이 거의 없는 엘리베이터 앞에 마주 보고 섰다.

"무슨 말?"

"병서한테 무슨 말 했냐고, 나에 대해서!"

얘 좀 봐라? 기가 막혀서! 대체 무슨 일이 있었기에 월요일 아침부터 찾아와서 다짜고짜 이 난리지?

"내가 너에 대해 뭔 말을 했다고 그래?"

나까지 덩달아 언성이 높아졌다. 주위에 아무도 없어서 다행이다.

"진짜 아무 말 안 했어?"

"대체 무슨 말?"

"아, 진짜! 짜증 나. 짜증 나서 미치겠어."

하림이는 어깨를 격하게 흔들며 말했다. 그 몸짓 때문인지 하림이의 짜증이 열 배는 증폭되어 보였다. 왜 짜증 나는지 궁금했으나 묻지 않았다. 묻지 않아도 곧 말할 게 분명하니까.

"근데 왜 갑자기 나를 차냐고! 지가 뭔데? 이유나 알자고 했는데, 그냥 아닌 거 같대. 그래서 직접 만나서 물어보려고 기다렸는데, 아까 봤지? 쌩까고 지나가는 거? 아, 정말, 나는 내가 찼으면 찼지, 한 번도 차여 본 적 없단 말이야. 지가 잘났으면 얼마나 잘났다고 나를 차?"

하림이는 제정신이 아니었다. 짧다면 짧은 연애였어도 실연당하면 살짝 미치게 되는 모양이다. 하지만 섣부른 위로의 말은 하지 않았다. 단 한 마디라도 섞었다가는 수업 종 칠 때까지 하소연을 들을 게 뻔했다. 통합과학 숙제도 얼른 해야 했고.

나는 정독실 입실 자격을 간신히 유지했다. 복도에서 진학부장을 마주치면 나는 오던 길을 되돌아갔다. 어떻게든 그를 피해 다녔다. 나를 보면 분명히 한 소리 할 것 같았기 때문이다. 학원에 정착한 건우는 더 이상 정독실에는 미련이 없어 보였다.

이제 한낮은 더웠다. 점심시간에 축구를 하고 들어오는 아이들이 흠뻑 젖어 있었다. 5교시에 조는 아이들도 많았다. 수행평가가 줄줄이 기다리고 있었지만, 학기 초 교실의 팽팽하던 긴장

감은 조금 느슨해졌다. 열어 놓은 교실 창문으로 이따금 꽃향기가 흘러들어 왔다.

엄마 아빠한테 다녀온 뒤, 신기하게 모든 것이 견딜 만해졌다. 선생님들이 나에 대한 관심을 거둬도 괜찮았다. 점심 먹을 때 이따금 우리 자리로 와서 깐죽대는 병서도 너그럽게 봐줬고, 나를 볼 때마다 눈을 흘기는 하림이도 그러려니 했다. 전학이라는 선택지가 하나 더 생기니 마음이 편해졌다. 1학기 기말고사까지 보고 판단하기로 했다.

보나 선배는 일주일 동안 학교에 나오지 않았다. 선배는 비영리 국제기구에서 주최하는 '국제 청소년 환경 콘퍼런스'에 한국 참가단 멤버로 뽑혔다. 강화도에 있는 기업연수원에 여러 나라 청소년들이 모여 기후 위기와 그 대책에 대해 토론한다고 했다. 선배 부모님은 콘퍼런스 가는 걸 완강하게 반대했다. 생활기록부에 기재할 수 없는 활동은 시간 낭비라면서. 그렇다고 물러설 보나 선배가 아니었다. 허락하지 않으면 자퇴할 거라며 부모님한테 덤볐다고 한다. 선배는 점점 전투적으로 바뀌고 있다.

"짝사랑의 아픔을 모르는 인간들하고는 인생을 논하고 싶지 않다."

건우가 긴 한숨을 쉬며 말했다. 유빈이와 나는 건우를 위로하느라 자주 모였다. 하루에 한 번 보나 선배를 보려고 2학년 교실을 기웃거리던 건우는 보나 선배의 SNS를 보면서 그리움을 달랬다.

선배가 콘퍼런스에 간 그 주 토요일에는 코어 모임이 없었다. 대신 오전에 박물관 봉사활동이 있었다. 유빈이와 나, 그리고 2학년 선배 한 명이 단체 견학을 온 초등학생들의 관모 만들기 체험 활동을 도와주었다. 원래 네 시간인데, 세 시간 십 분 만에 끝났다. 시간이 후딱 지나갔다. 마음도 편했고, 아이들도 열심히 따라 줘서 보람차고 즐거웠다.

봉사활동을 끝내고 유빈이와 나는 학교로 가는 버스에 탔다. 나는 정독실에 갈 생각이었고, 유빈이도 학교에 볼일이 있었다. 유빈이와 보나 선배는 얼마 전부터 학교 뒷산에 있는 고양이들 밥을 챙겨 주기 시작했다. 오늘도 아침에 나올 때 고양이 사료를 갖고 나왔다고 했다.

"이런 얘기 해도 될지 모르겠는데……. 아, 아니다."

학교 앞에서 내려 함께 걷고 있을 때 유빈이가 말했다.

"뭐야? 말 꺼냈으면 해. 너랑 나랑 하지 못할 이야기가 뭐 있다고?"

내가 말해 놓고도 조금 머쓱해졌다. 너무 확신하면서 말했나. 유빈이는 나랑 그 정도로 친하다고 생각하지 않을 수도 있는데. 하지만 확실한 건 적어도 나는 그렇게 생각하고 있다는 거다. 전학을 선뜻 결심할 수 없는 결정적인 이유는 친구들이었다. 건우와 유빈이, 보나 선배. 이런 친구들을 내 인생에서 또 만날 수 있을까?

"너 병서랑…… 아니다. 민병서랑 이제는 별로 안 친하다고 했지?"

교문으로 들어서며 유빈이가 말했다. 민병서라는 이름을 듣는 순간 나도 모르게 짜증 섞인 말이 튀어나왔다.

"안 친해, 전혀 안 친해. 왜 다들 나한테 병서 얘기를 묻는 거야?"

하림이는 아직도 내가 병서한테 자기에 대해 안 좋은 말을 해서 차였다고 생각하는 것 같았다. 그러니 나만 보면 쨰려보는 거겠지.

"아니, 그게 아니고……."

유빈이가 난처한 표정으로 말했다.

"……병서가 고백했어. 나한테."

뭐라고? 지금 내가 무슨 말을 들은 거지?

"민병서가? 고백을? 너한테?"

내 목소리가 더 커졌다. 병서는 대체 하림이랑 헤어진 지 며칠이나 됐다고 유빈이한테 고백하는 거지? 죽었다 깨어나도 이해하지 못할 멘탈이다.

"상상도 못 했어. 원래 누가 자기를 좋아하면 느껴지잖아. 쟤가 날 좋아하는구나, 하고. 그런데 전혀 몰랐어. 예쁜 애들만 좋아하는 줄 알았거든."

"왜, 너 주입식 미인이잖아."

"아, 맞아. 그건 그렇지."

유빈이가 웃었다.

"그래서? 사귀기로 했어?"

"뭐래? 아니야. 싫다고 했어."

"왜?"

"말했잖아, 나 남자친구 사귈 생각 없다고. 병서 같은 타입 별로 좋아하지도 않고."

유빈이의 말에 괜히 기분이 좋았다. 역시 유빈이가 사람 볼 줄 아는군.

"싫으면 아닌 거지, 뭐. 고백받으면 다 사귀어야 하나?"

"근데, 거기서 끝이 아니야."

"또 뭐가 있어?"

"병서 걔, 좀 이상해. 내가 남자친구 사귈 생각 없다고 그랬더니 막 짜증을 내는 거야. 남친 사귈 생각 없으면서 너랑 건우랑은 왜 몰려다니느냐면서. 야, 그거랑 이거랑 뭔 상관이냐? 하여튼 내가 거절하니까 어이없어하더라. 이 민병서가 고백해 줬는데

감히 거절해? 이런 뉘앙스였어."

"그 자식 웃기네. 왕자병이야?"

"몰라. 하여튼 이런 일이 있었어. 누구한테 털어놓고 싶은데, 보나 언닌 콘퍼런스에 가 있어서 말할 사람도 없고. 그런데 준호너, 나만큼 입 싸진 않겠지? 병서한테 절대 아는 척하면 안 돼, 알았지?"

나는 크게 고개를 끄덕였다.

9. 메뉴가 별로인 날은 건너뛰기

정독실 문을 열자마자 숨이 턱 막혔다. 칸막이가 있어서 정확히 확인할 수 없지만, 슬쩍 봐도 빈자리가 안 보였다. 토요일인데 다들 오전부터 나와 있었던 건가? 주말이면 드문드문 빈자리가 있었는데, 이번에 멤버가 교체되면서 정독실은 더 살벌한 분위기로 돌아갔다. 날씨가 더워지면서 느슨해진 교실 분위기와는 사뭇 달랐다.

왼쪽 옆자리엔 낯선 애가 앉아 있었다. 맞은편 자리도 멤버가 바뀌었다.

내 자리에 앉으며 휴대폰을 무음으로 돌려 놓으려는데, 건우한테서 온 톡이 있었다.

– 학원에서 수학 기출 분석한 문제집 나왔는데, 빌려줄까? 생각 있으면 이따가 학원 수업 끝나고 만나자.

뭉클했다. 끔찍하게 고마운 친구 같으니라고.

핸드폰을 가방에 넣고 오답 노트를 폈다. 중간고사 때 틀렸던 문제들을 적고 내가 어떤 부분을 놓쳤는지 꼼꼼하게 살폈다. 다 정리해 놓고 나니 내 문제점들이 보이기 시작했다.

가장 큰 문제는 실수였다. 진실을 말하자면 실수도 실력이다. 실력이 탄탄하면 실수 같은 건 할 일이 없다. 그런데 내 경우는 조금 달랐다.

나는 멀쩡히 아는 문제를 많이 틀렸다. 왜 그랬을까? 아빠 말을 듣고 나서 그 이유를 알았다. 불안감 때문이다. 고도의 집중력이 필요한 순간에 불안은 나의 뇌를 잠식해 버렸다. 사방이 장애물인데 머리가 잘 돌아갈 리가 없다. 결과에 집착하기 때문에 본경기에서 자꾸 헛발질을 하게 되는 거다. 이러니 수험생에게 제일 중요한 건 멘탈 관리라는 말이 나왔겠지.

아빠의 조언대로 그냥 해 보기로 했다. 그냥. 지금. 내가 오늘 해야 할 것들을.

그냥 매일 목표치만 공부하기로 했다. 그걸 달성하면 됐지, 뭐. 계획대로 공부하면 스스로를 칭찬했다. 결과에 대한 생각이 스멀스멀 올라오면, 이렇게 빌었다.

'부디 실력만큼만 결과가 나오게 해 주세요. 실력 이상의 결과는 바라지도 않습니다. 정직한 결과라면 받아들일 수 있어요.'

수학 문제집을 푸는데, 책상에 서울대 사진을 걸어 놓은 옆자리 아이가 내 옆구리를 쿡쿡 찔렀다. 그러고는 나를 쳐다보지도 않은 채 쪽지를 내밀었다.

  ─ 책장 넘기는 소리가 너무 커. 조심 좀 해 줘.

  내가? 당장 반발심이 생겼다. 네가 예민한 게 아니고? 이 친구는 자기 오른쪽 옆자리 아이한테도 따발총 방귀 좀 뀌지 말라는 쪽지를 건넨 적이 있었다. 결국 그 아이는 진학부장한테 말해서 구석으로 자리를 옮겼다.

  쪽지 보내는 게 취미인가? 따발총 방귀가 없어지니 이젠 내가 거슬리는 거야? 연이어 이런 생각까지 들었지만 참았다. 나는 미안하다, 조심하겠다, 글을 써서 쪽지를 주었다. 사실 오늘따라 문제가 잘 풀려서 좀 신이 나긴 했다. 그래서 책장을 시끄럽게 넘겼을 수 있다.

  계획했던 나머지 두 장을 다 푼 뒤 가방을 쌌다. 행여 옆자리 아이가 자기 때문에 화가 나서 일찍 나간다고 오해할까 봐 다시 쪽지를 주었다.

  ─ 앞으로 조심할게. 나 먼저 간다. 공부 열심히 해.

  건우가 오려면 시간이 좀 남았다. 해가 길어져 바깥은 아직 환했다. 잠깐 산책이라도 할까 싶어 뒷산으로 향했다. 그러다 산책로 입구에서 유빈이랑 딱 마주쳤다.

  "너 아직 안 갔구나? 여태 뭐 했어?"

내가 물었다. 유빈이는 그사이 어디서 났는지 어쿠스틱 기타를 메고 있었다.

"아, 고양이 밥 주고 내려오는데 친구가 연락했더라고. 지난번에 빌린 기타 돌려주겠다고. 마침 학교 근처라고 해서 만났다가 고민 상담 해 주느라. 여태 뒷산에서 수다 떨었어."

유빈이가 말했다. 목소리가 싱그러웠다.

유빈이는 건우가 올 때까지 같이 기다려 주겠다고 했다. 우리는 발길을 돌려 운동장 쪽으로 갔다. 축구 골대 뒤 벤치에 나란히 앉았다.

"근데 너 기타도 치냐?"

"응, 조금."

"춤도 잘 추고, 토론도 잘하고, 기타까지 잘 쳐? 넌 못하는 게 뭐야?"

"그러게 말이야. 이렇게 완벽하면 안 되는데."

유빈이가 너스레를 떨며 반달눈으로 웃었다. 나도 같이 웃었다.

유빈이는 갑자기 생각난 듯 주머니에서 휴대폰을 꺼냈다. 그러고는 자기 SNS를 보여 주었다.

'솥뚜껑 팀 1등 먹어라!'

유빈이 SNS의 최근 글이었다. '솥뚜껑 레시피'라는 제목의 영상도 함께 링크되어 있었다.

"이게 뭐야?"

"내 친구들이 발명 대회에 제출한 영상. 내가 지금 너한테 좋아요 구걸하는 중이고."

"발명 대회?"

"응. 애네 학교 지금 직무 발명 주간이거든. 이거 좋아요 많이 받으면 가산점 있대."

나는 그 자리에서 휴대폰을 꺼냈다. 솥뚜껑 팀의 영상에 좋아요도 누르고 1등 하길 바란다는 응원 댓글도 남겼다. 그러다 아까부터 내심 궁금했던 질문을 유빈이에게 던졌다.

"근데, 병서 같은 타입이 왜 싫어? 다른 애들은 병서 엄청 좋아하잖아."

느닷없이 훅 치고 들어온 나의 질문에 유빈이는 잠깐 동안 나를 쳐다보았다.

"여태 그거 생각하고 있는 거야? 이거부터 약속해. 병서가 나한테 고백한 거 절대 소문내면 안 돼. 알았지? 약속하면 대답할게."

나는 고개를 끄덕였다. 그러고는 새끼손가락을 내밀었다. 우리는 새끼손가락 약속을 한 뒤 손바닥 복사도 했다.

"뭐, 그냥……. 끌리지 않는 걸 어쩌겠어? 뭐랄까, 난 정답 자판기 스타일이랑은 안 맞아. 공부만 하기보단 울퉁불퉁해도 자기

언어를 찾아가는 사람이 좋더라고. 보나 언니처럼."

역시, 유빈이는 간파하고 있었구나. 민병서의 번지르르한 겉모습에 속지 않았어. 괜히 마음이 흡족해져서 나는 고개를 끄덕였다.

그때 건우가 교문 안으로 들어오는 게 보였다. 우리는 크게 손을 흔들었다.

"고맙다, 친구야! 앞으로 내가 라면 백 개 끓여 줄게."

문제집을 건네받으며 내가 말했다. 그러자 건우가 피식 웃으며 내 팔을 툭 쳤다.

"너희들, 보나 선배 SNS 봤어?"

건우는 휴대폰을 꺼내 우리 앞으로 내밀었다. 보나 선배 SNS에는 콘퍼런스 사진과 영상 하나가 올라와 있었다. 보나 선배가 기후변화 세션의 토론자로 나서서 발표했던 모습이었는데, 영어라서 다 알아듣지는 못했다. 지구온난화와 북극곰의 삶과 죽음에 대한 이야기 같았다.

"당장 좋아요 눌러."

건우가 결연한 표정으로 말했다. 유빈이와 나는 냉큼 휴대폰을 꺼내 그 영상에 좋아요를 눌렀다. 유빈이는 댓글도 달았다. 보나 선배의 실력이 내 자부심이 되는 건 아니지만 괜히 나까지 뿌듯했다.

5월인데도 카디건을 입는 아이들이 있었다. 바깥은 점점 여름이 다가오는데, 추운 마음을 감쌀 게 필요한 것 같았다. 중간고사 끝나자마자 줄줄이 이어진 수행평가들을 하다 보니 모의고사가 코앞으로 다가왔다. 숨 돌릴 틈도 없이 이어지는 시험, 수행평가, 각종 대회들 그리고 또 시험……. 축구 경기를 보러 갔던 일은 아득한 과거처럼 느껴졌다.

급식실에서 건우와 유빈이를 만나 함께 점심을 먹었다. 나는 건우한테 문제집을 돌려주었다.

"벌써 다 풀었어? 대박이다. 아, 유빈이 너도 빌려줄까?"

건우가 유빈이에게 말했다.

"됐어."

"왜?"

"야, 내가 공부까지 잘해 봐라. 얼마나 많은 친구들이 나를 보고 좌절하겠어? 나도 못하는 게 하나쯤은 있어야지."

유빈이 말에 건우와 나는 밥풀을 뿜었다. 셋이서 한참이나 웃은 뒤 유빈이가 주머니에서 뭔가를 꺼내 내밀었다.

"자, 선물."

축구공 열쇠고리였다.

"어디서 났어?"

"며칠 전에 보나 언니 생일이었잖아. 선물로 주려고 수원 팀 엠블럼 초콜릿 샀어. 사는 김에 너희 것도 샀지, 뭐."

축구공이 달린 열쇠고리는 앙증맞고 예뻤다.

건우는 선배가 콘퍼런스에 가기 전에 미리 생일 선물을 줬다. 선물로 뭐가 좋을지 나한테 백만 번쯤 물어봤다. 결국 건우는 선배가 좋아하는 작가의 신간을 동네서점 에디션으로 샀다. 그 책과 함께 독서대를 샀다는데, 아마도 잘 전달했겠지. 나는 모바일 음료상품권을 선물했다. 그러고 보니 내가 좀 성의가 없네. 선배한테 인강 수강권도 받았으면서. 나중에 부모님 집에 다녀올 때 선배한테 줄 걸 좀 챙겨야겠다.

"유빈이 너는 이런 데 돈 잘 쓰더라?"

건우가 열쇠고리를 만지작거리며 물었다.

"용돈 모아서 이런 데 쓰지 어디다 써?"

"옷이나, 가방, 신발, 화장품, 뭐 이런 데에는 관심 없어?"

"음, 별로. 난 인간이 명품이라 뭘 입어도 예쁘거든."

이 대목에서 또 건우와 내가 폭소를 터뜨렸다.

"그래도 비싼 게 더 예쁘긴 하잖아."

웃음기를 덜어내고 건우가 물었다.

"그렇지. 비싼 게 예쁘긴 예뻐. 근데 나는 비싸고 예쁜 게 내 앞에 있어도 와, 예쁘다! 그냥 그러고 말아. 나한테 어울리지 않는 생활을 꿈꾸지 않으려고 해. 나는 지금 내가, 그냥 마음에 들어."

순간, 유빈이의 눈이 반짝 빛났다.

지금 내가, 그냥 마음에 들어. 나는 유빈이의 마지막 한마디를 마음속으로 곱씹어 보았다. 유빈이랑 대화를 하고 있으면 삶에 대한 의욕과 열정이 마구 샘솟는 기분이다. 유빈이의 단단한 눈빛은 내가 더 나은 사람이 되고 싶게 만드는 것 같다.

우리는 급식실을 나와 뒷산으로 향했다.

날씨가 맑아서 운동장에 아이들이 많았다. 나무들은 나날이 초록이 짙어지고 있었다. 휴대폰을 들고 나와 하늘 사진을 찍거나 꽃 사진을 찍는 아이들도 있었다.

우리는 산책로 입구에서 걸음을 멈췄다.

"이번 주 코어 발제가 나잖아."

유빈이가 말했다. 이번 주제는 '계층 사다리와 소셜 믹스'였다.

"선배들이 정해 준 텍스트 외에 이것저것 읽었는데 말이야. 어제 읽은 책이 미국의 어느 명문가 출신 작가가 쓴 에세이였어. 대대로 부와 권력을 쌓은 집안인가 봐. 그런데 자기는 공립학교 다녔대. 스쿨버스 타고 다니고, 용돈 벌려고 아르바이트도 많이 했대. 가풍이 그랬나 봐. 그런데 자기 주변 부잣집 자식들 보면 인생의 목표가 없더래. 주어진 게 너무 많으니 성취하고 싶은 게 아예 없는 거야. 그래서 마약에 많이 빠진대. 이 작가가 주장하는 건 결국 스스로 개척하는 인생이 중요하다, 그래서 적당한 결핍은 반드시 필요하다, 뭐 이런 얘기였어."

"너 그러다 논문 하나 쓰겠다. 텍스트 읽기도 벅찬데 언제 그런 책을 읽었어?"

"재미있잖아. 그 책 읽고 나니, 주어진 게 별로 없는 내 인생이 참 다행이라는 생각이 들더라. 마약 같은 거 할 필요도 없고."

내 질문에 유빈이가 웃으며 대꾸했다. 마약 할 필요가 없다니, 그 말이 위트 있게 들려서 나도 좀 웃었다.

초록 숲에 들어서자마자 싱그러운 나무 냄새가 뿜어져 나왔다. 아카시아 꽃향기도 은은하게 났다.

"쟤 좀 봐!"

건우와 나는 유빈이가 가리키는 소나무를 바라보았다. 청설모 한 마리가 소나무 줄기를 따라 발발 기어오르고 있었다. 나무 꼭대기까지 올라가는가 싶더니 폴짝 옆 나무로 가볍게 건너뛰었다. 동영상을 찍으려고 휴대폰을 꺼냈는데, 그사이 청설모는 저만치 다른 나무로 가고 없었다.

그때 남자애들 한 무리가 숲에서 내려왔다. 다들 1학년인데 같은 반은 아니었다. 그 애들은 우리 옆을 지나가며 킬킬거렸다. 힐끔힐끔 돌아보는 아이도 있었다. 자기들끼리 뭐라 뭐라 말을 하는데 잘 들리지 않았다. 다만 '비둘기 눈깔' 어쩌고 하는 단어만

귀에 들어왔다.

"기분 나쁘게 왜 저래?"

건우가 낮은 목소리로 말했다. 나도 그 애들이 거슬렸다.

"암튼 난 이만 내려갈게. 어제 잠을 설쳤거든. 가서 쪽잠이라도 자야지."

건우가 손을 흔들었다.

"같이 내려가자. 점심시간도 얼마 안 남았고."

유빈이가 말했다. 아쉬웠지만 어쩔 수 없었다.

산에서 내려와 운동장으로 들어서자 건우가 말했다.

"나, 먼저 갈게. 1초가 아까워."

건우는 이 말을 남긴 뒤 저 앞으로 후다닥 뛰어갔다. 유빈이와 나는 건우의 뒷모습을 보며 천천히 걸었다.

"오늘 저녁 급식 메뉴 봤어? 완전 별로야. 그래서 말인데⋯⋯."

축구 골대 옆을 지나갈 때 유빈이가 말했다.

"나가서 사 먹을래?"

특성화고 다니는 유빈이의 친구가 속한 팀 '솥뚜껑'에서 엄청난 일을 해냈다고 한다. 발명 대회에 제출한 아이디어 레시피로 지역 베이커리 회사와 MOU 체결을 하게 되었다고. 그리고 오늘이 바로 솥뚜껑의 레시피로 만든 빵이 출시되는 날이라고.

"오늘 이벤트하는데, 가서 그 빵 사 먹고 SNS에 올리면 음료

쿠폰 준대. 어때? 막 땡기지?"

　나는 고개를 끄덕였다. 말만 들어도 신났다. 그때 점심시간 끝나는 종소리가 울렸다. 따따다단따 딴따다다다, 두성고 종소리는 〈소녀의 기도〉다. 많은 아이들이 후다닥 현관으로 들어가고 있었다.

　급히 계단을 오르는데 어쩐지 뒤통수가 따가운 게 느껴졌다. 나는 뒤를 돌아보았다. 병서였다. 병서가 나와 유빈이를 째려보고 있었다. 어리둥절해하는 사이 병서는 우리 옆으로 휙 지나가 버렸다.

10. 기운 없는 친구에겐 죽을 건네기

베이커리는 큰길 사거리에 있었다. 이벤트를 해서인지 빵집 안에는 빈자리도 없고, 계산대 줄도 길었다. 솥뚜껑에서 만든 감자빵은 가게에서 가장 잘 보이는 행사 매대에 산더미처럼 쌓여 있었다.

우리는 빵을 사서 근처 놀이터로 갔다. 학교 근방에서 가장 인기 없는 놀이터라 아이들이 한 명도 없었다. 유빈이와 나는 미끄럼틀 위로 올라갔다. 거기에 앉아서 소풍 온 애들처럼 빵을 먹고 싶었는데, 막상 올라가니 공간이 좁았다. 우리는 미끄럼을 죽 타고 내려와서 벤치에 나란히 앉았다.

양파가 들어간 감자빵은 독특한 맛이 있었다. 유빈이는 빵이 얼마나 맛있는지 자꾸 물어봤다. 나는 엄청 맛있다, 완전 맛있다, 이런 대답을 몇 번이나 해야 했다.

"솥뚜껑 친구들이 그렇게 좋냐? 코어야, 솥뚜껑이야? 만약 하나만 선택해야 한다면."

내가 장난스럽게 물었다. 그러자 유빈이가 나를 빤히 쳐다보았다.

"엄마가 좋아, 아빠가 좋아? 이런 유의 질문이네. 준호야, 맛있는 거 먹으니 막 어린이가 되고 싶어졌어?"

"그냥 궁금해서. 처음 딱 떠오른 걸 대답해 봐."

"팔이 중요해, 다리가 중요해? 신장이 중요해, 간이 더 중요해? 이런 질문이랑 같아. 다 소중한 친구들이라고."

"그으래? 그럼 이 질문은 어때. 정호빈이 좋아, 내가 좋아? 팬심이냐, 우정이냐."

"와, 너 지금 너를 정호빈이랑 나란히 놓은 거야?"

우리는 마주 보며 웃었다. 부드럽고 상쾌한 바람이 지나갔다. 휴식 같은 저녁 빛이 서서히 저물고 있었다.

유빈이의 발제문은 성실했다. 논리 구성도 탄탄해 보였고, 고민의 흔적도 많이 드러났다. 그런데 보나 선배는 귀신같이 허점을 짚어 냈다.

"어릴 때부터 계층 간의 접촉 지점이 없어지는 사회에 대한 문제의식은 훌륭했어요. 다들 가난한데 혼자만 부를 누리는 사람이 행복해질 수 없다는 심리학 논문 기사 인용한 거 좋았고. 그런데 너무 갑자기 소셜 믹스로 훅 건너뛰어 결론지은 거 아닌가요?"

들고 보니 그런 것도 같았다. 그 말에 유빈이는 고개를 끄덕였다.

"결론을 어떻게 도출해야 할지 잘 모르겠더라고요. 북유럽 모델도 찾아보고 했는데…… 딱히 대안인지도 잘 모르겠고. 그래서 그 부분을 토론 주제로 열어 두었던 거예요."

잘 모르겠다고 말하면서도 유빈이의 목소리는 흔들림이 없었다.

"그런데 말이에요……."

토론 때마다 과묵하던 내가 입을 열자 다들 나를 쳐다보았다.

"솔직히 가진 게 없으면 무시당하는 게 지금 당장의 현실이잖아요. 그래서 다들 기를 쓰고 좋은 대학 가려고 하고, 돈도 많이 벌고 싶어 하고요. 내 인생 내 페이스대로 살면 된다고들 하지만, 사실 우리는 의지와 상관없이 많은 관계로 얽혀 있잖아요. 사회 생활하다가 갑질하는 사이코 상사를 만날 수도 있고요."

"갑질하는 사이코 상사를 왜 만나죠? 나는 무시당할 생각이 저언혀 없는데?"

"내 의지와 무관하게 피할 수 없는 경우가 있잖아요."

"애초에 갑질을 왜 견뎌야 해요?"

오오, 하고 건우가 추임새를 넣었다.

"갑질을 하는 사람이 나쁜 거잖아요. 갑질당하기 싫다고 계층 사다리를 올라야 해요? 갑질 자체를 못 하게 만들어야지."

유빈이의 거침없는 대답에 이번엔 다른 아이가 말했다.

"말이 쉽지, 그게 쉬운 일이 아니잖아요. 갑질하는 사람을 무슨 수로 말리겠어요?"

"말릴 수 있죠. 시스템을 만들면 돼요."

"무슨 시스템?"

"갑질 못 하게 하는 시스템. 제도든 문화든 윤리든 갑질은 부끄러운 짓이라는 인식에 합의해야 해요. 외국에는 이런 촘촘한 장치들이 많더라고요. 차별금지법이 정착된 나라도 많고. 어쨌든 나는 많은 사람들이 우리 사회를 좋게 만들기 위해 노력하고 있다고 믿어요."

유빈이 말에 다들 고개를 끄덕였다.

유빈이랑 대화하다 보면 모든 사람이 귀하고 대단한 존재처럼 느껴진다. 쉽게 실망하지 않고, 포기하지 않는 유빈이의 저 힘은 어디서 나오는 걸까?

토론은 시간 내에 끝났다. 스터디카페를 나오자마자 다들 뿔뿔이 흩어졌다. 건우는 부리나케 학원 버스를 타러 갔다.

화장실에 들렀다 나오니 저쪽 가로수 옆에 유빈이와 보나 선배가 함께 서 있는 게 보였다. 이야기를 나누는 둘의 표정이 진지하고 심각해 보였다. 토론 때 못다 한 이야기라도 나누고 있는 걸까? 그때 자동차 한 대가 와서 섰다. 보나 선배는 유빈이의 등을 두드린 뒤 자동차에 올랐다.

나는 유빈이를 깜짝 놀라게 할 작정으로 살금살금 뒤쪽으로 다가가 말했다.

"빵 먹으러 갈래? 솥뚜껑표 감자빵!"

그런데 유빈이는 고개를 절레절레 흔들었다.

"그냥 집에 갈래. 다음에 먹자."

목소리에 힘이 하나도 없었다. 그러고 보니 토론 때도 평소와 달리 웃음기가 없었다.

"왜? 무슨 일 있어?"

"아니, 그냥……. 준호야, 혹시 너 내 소문 같은 거 들은 적 있어?"

"무슨 소문?"

"요즘 애들이 유독 나를 쳐다보는 거 같아서. 착각이겠지?"

"왜지? 아, 너의 완벽함 때문인가?"

내가 던진 농담에 유빈이는 쓸쓸하게 웃었다. 그러고는 손을 흔들더니 버스 정류장으로 천천히 걸어갔다. 왜 저러지? 걱정스러웠다.

모의고사는 그럭저럭 잘 보았다. 등급이 나와 봐야 알겠지만, 일단은.

모의고사 보는 날은 급식도 없고 야자도 없다. 정독실은 예외지만. 종례가 끝나자마자 건우가 우리 교실로 왔다.

"삼촌 오늘 몇 시에 들어오셔?"

나랑 같이 집에 가고 싶다는 소리다. 에라, 모르겠다. 나도 야자 쨌다. 정독실이고 뭐고. 모의고사 보느라 뇌가 완전히 방전되었다.

우리는 집까지 걸어갔다. 해가 길어져 저녁 시간인데도 바깥이 아직 환했다. 가방을 멘 등이 땀으로 축축했다. 집에 오자마자 차례로 샤워를 했다. 내가 라면을 끓이려고 했는데, 건우가 말렸다. 나의 요리 솜씨를 못 믿겠다면서.

"나 조리과학고 갈 걸 괜히 인문계 왔어."

건우가 라면 물을 올리며 킬킬거렸다. 라면을 먹는 동안 모의고사 예상 등급 컷이 떴다.

"말하지 마. 나중에 내가 직접 확인할 거야. 멘탈 수습되면 확인할 거니까 절대 말하지 마, 알았지?"

"알았어. 근데 건우 네가 라면을 진짜 잘 끓이긴 한다니까."

"그치? 왠지 나는 다른 요리도 기가 막히게 잘할 것 같다는 예감이 강하게 든다. 빵 굽기나 뭐 그런 거. 나 수능 끝나면 제빵 학원 다녀야겠어. 사실 작년 겨울방학 때 다니고 싶었는데, 그게 가능했겠냐고. 두성고 입학 앞두고 제빵 학원 등록할 만큼 강심 장은 아니었어."

라면을 먹으면서도 건우는 끝도 없이 말했다. 먹을 때도 일부 러 쩝쩝 소리를 냈다. 건우가 저러는 건 스트레스를 감당 못 해 서다.

설거지를 끝내고 나니 똥이 마려웠다. 나는 휴대폰을 들고 화 장실에 들어갔다. 모의고사 예상 등급 컷을 다시 확인했다. 각 기 관마다 등급 컷이 비슷했다. 그런데 표준점수를 보니 내가 시험 을 잘 본 게 아니었다. 그냥 모의고사가 쉽게 출제된 거였다. 기말 볼 것도 없이 정독실에서 짐 싸야겠군, 젠장!

전학의 손익계산서를 한두 번 짜 본 게 아니다. 일단 부모님이 랑 같이 지낸다, 작은 학교니 경쟁이 덜할 것이다, 따라서 전쟁처 럼 살지 않아도 된다, 생각해 보면 전학의 장점이 엄청 많았다. 근데 이게 진짜 장점이라고 장담할 수 있을까? 작은 학교가 경생 이 덜하다는 근거가 뭐지?

아, 모르겠다! 일단 잊자. 오늘만은 모의고사고 뭐고 몽땅 잊고 뒹굴뒹굴 방구석에서 놀자, 생각하며 화장실에서 나왔다. 그런데 건우가 소파에 정자세로 앉아 나를 물끄러미 쳐다보고 있었다.

건우도 모의고사 등급 컷을 확인한 건가?

"이것 좀 봐 봐."

건우가 짐짓 심각한 표정으로 휴대폰을 내밀었다. '끼 부리는 여자의 특징과 대처법'이라는 SNS 글이었다. 이걸 왜?

"민병서가 쓴 거야."

다시 보니 병서 SNS가 맞았다. 게시글 좋아요는 54였다가 내가 보는 사이에 55로 늘어났다.

"근데, 이게 뭐?"

"댓글 봐 봐. 좀 쎄하지 않아?"

그러고 보니 댓글이 많았다.

 - 끼 부리는 여자 좋지, 그냥 넘어갈 수밖에. ㅋㅋㅋ

 - 끼 부리는 여자 조심해야 함. 나 좋아하는 거 아녀? 착각하고 들이댔다가 그냥 까임. 경험자. ㅋㅋㅋㅋ

그중 한 댓글이 눈에 띄었다.

 - 1학년에 끼 부리는 대표 선수 있잖아. 비둘기 눈깔.

이 댓글에 대댓글이 엄청나게 달려 있었다. 거의가 키득거리며 동조하는 글이었다.

"비둘기 눈깔?"

내가 말했다.

"이거 유빈이 얘기야. 유빈이 안티들이 유빈이 별명을 지었대.

비둘기 눈깔이라고."

건우가 걱정하는 표정으로 말했다.

그 글은 병서와 SNS 친구가 아닌 애들한테까지 공유되면서 패나 퍼졌다. 우쭐해진 병서는 여성혐오 가사로 유명한 노래 하나를 SNS에 또 올렸다. 못생긴 것들이 예쁜 척하면 벌어지는 일들, 성형빨 명품백에 심취한 여자들 어쩌고 하는 힙합인데, 그 노래도 올린 지 한나절도 지나지 않아 좋아요가 100개도 넘었다.

다음 날 점심시간에 유빈이, 건우, 보나 선배와 함께 밥을 먹었다. 그 글을 알게 된 보나 선배가 같이 먹자고 제안한 것이다. 몇몇 아이들이 우리를 보며 대놓고 키득거렸다. 신경을 안 쓰려고 해도 밥이 잘 넘어가지 않았다.

"내 별명이 비둘기 눈깔이었구나. 몰랐어. 내 눈이 비둘기처럼 생겼나?"

유빈이가 혼잣말처럼 말했다. 피식 웃었지만 목소리에 힘이 없었다.

"찌질한 놈들. 사람 지나갈 때마다 비겁하게 수군거리더니 이제는 SNS까지 동원하네. 유빈아, 그런 애들 말은 신경 쓰지 마."

보나 선배가 말했다. 보나 선배는 입맛이 없는지 아까부터 젓가락으로 밥알을 깨작거렸다.

"그래, 신경 쓰지 마."

건우도 유빈이를 위로했다.

그때 내가 나섰다.

"내 생각에는…… 병서가 유빈이한테 까여서 저래. 병서가 얼마 전에 유빈이한테 고백했었어. 자기 고백 안 받아 주니까 공격 모드로 들어간 거야. 몇몇 놈들이 동조하는 거고."

내 말에 한입 가득 치킨강정을 물고 있던 건우가 입을 쩍 벌렸다. 씹다 만 강정이 턱으로 흐르자 건우는 얼른 그것을 손으로 주워 입에 넣었다.

안다. 유빈이가 지켜 달라고 한 비밀을 이런 자리에서 발설하면 안 된다는 거. 건우와 보나 선배한테 말하기 전에 먼저 유빈이의 허락을 받았어야 했다. 하지만 흘러가는 꼬락서니를 보니, 비밀이고 나발이고 고백 사건을 숨길 일이 아니라는 생각이 퍼뜩 들었다.

"언제 고백받았어?"

보나 선배가 유빈이를 쳐다보며 물었다.

"언니 콘퍼런스가 있었을 때요."

유빈이가 선배와 나를 번갈아 쳐다보며 말했다. 내가 입 싸게 말한 것에 대해 별로 기분 나빠하는 거 같지 않았다.

"그랬구나. 어쩐지. 이제야 알겠네."

선배는 이렇게 말하며 아예 젓가락을 내려놓았다. 식판에 밥이 절반이나 남았다. 나도 입맛이 없었다. 다들 숟가락을 내려놓는 분위기였다. 그때 선배가 눈짓을 하며 말했다.

"나가자."

운동장으로 나오니 비가 오려는지 날이 흐렸다. 우리 넷은 천천히 뒷산을 향해 걸었다.

"민병서 진짜 웃기는 놈이네. 차였다고 그 난리를 피워? 야, 근데, 유빈이는 민병서 타입 아니지 않나? 난 고백의 저의부터 의심스럽다."

건우가 고개를 절레절레 흔들며 말했다.

"유빈이 원래 인기 많잖아. 병서도 유빈이 좋아할 수 있지."

내 말에 유빈이가 힘없이 말했다.

"병서가 나를 좋아해서 고백했다기보다 그냥 누군가와 사귀고 싶은데, 하필 그 대상이 내가 되었던 거 같아. 만만하니까."

"네가 왜 만만하냐? 만만해서가 아니고……. 아, 그거네!"

건우가 소리쳤다. 우리 셋은 걸음을 멈추고 동시에 건우를 쳐다보았다.

"병서, 얼마 전에 조하림이랑 사귀었잖아. 걔랑 헤어지고 금방 또 유빈이한테 고백한 거고. 느낌 오지 않냐?"

"뭐가?"

"방준호랑 친한 여자애만 골라서 고백한 거잖아. 하림이랑 준호랑 썸 탄 거, 우리 학교 애들 다 알았으니까."

"썸 탄 거 아니야."

"그렇다 치고."

그때 보나 선배가 진지하게 말했다.

"건우 해석이 맞는 거 같아. 준호야, 병서가 너를 라이벌로 생각하는 거 아냐?"

기분이 좀 묘했다. 그럴 리가 없다고 생각하면서도 진짜 그런가 싶기도 했다. 하림이랑 내가 썸 아닌 썸을 탔던 것도, 유빈이와 내가 최근에 많이 어울려 다닌 것도 사실이니까.

"자기 좋다는 여자애들 널렸는데, 콕 찍어서 조하림이랑 사귀고 유빈이한테 들이대는 거 봐. 지 생각대로 안 풀리니까 별 거지 같은 글 SNS에 올리고. 걔는 도대체 뭐가 문제냐?"

건우는 자기 의견이 받아들여지자 의기양양했다.

"난 알 것 같아. 스스로 생각해서 결정 내리고, 스스로 선택하는 과정을 못 배워서 그래. 내가 그랬거든. 부모님이 인생 매뉴얼을 다 짜 주니까, 그냥 따라가게 되는 거야. 점점 자기 선택에 확신이 없어지고, 주관이 없어지고. 나는 부모님한테 난리 쳐서 지금 조금 달라졌지만."

보나 선배의 말에 모두들 잠시 말이 없었다. 전교 1등이 아니면 난리를 피운다던 보나 선배네 부모님 이야기가 떠올랐다. 아들을 의대에 보내려고 극성이라는 병서네 아빠도 떠올랐다.

"그리고 병서가 정말로 준호를 라이벌로 생각하는지 아닌지는 모르겠지만, 적어도 준호를 마음속으로 동경하는 건 분명해 보여. 따라 하고 싶은 마음이 있으니까 그런 짓을 벌이는 거지."

병서가 나를 동경한다고?

"언니 말 들으니까 그런 것 같아요. 근데 궁금한 건…… 내가 진짜…… 끼를 부리고 다니나 하는 거예요. 공감하는 애들이 그렇게 많다는 건……."

유빈이의 표정이 어두워졌다. 말끝을 맺지 못하는 유빈이를 보나 선배가 큰 소리로 나무랐다.

"여태까지 우리 얘기 안 들었어? 끼 부리고 어쩌고 하는 거 다 개소리야. 그냥 너 까고 싶어서 아무 말이나 하는 거니까 흘려들어. 신경 쓸 필요 전혀 없어. 오케이?"

"……오케이."

유빈이가 희미하게 웃어 보였다.

그때 저 아래 운동장에서 〈소녀의 기도〉가 흘러나왔다.

금요일 아침, 중앙 현관에서 유빈이를 만났다. 우연히 만나니 엄청 반가웠다. 우리는 나란히 실내화를 갈아 신었다. 그때 한 무리의 여자애들이 흘끔흘끔 우리를 쳐다보며 지나갔다. 유빈이는 살짝 굳은 표정으로 말없이 계단을 올랐다. 유빈이네 교실은 2층, 우리 교실은 3층이다.

"어휴, 슈퍼맨이 나타났으면 좋겠다. 지구를 빨리 돌려서 시간이 훌쩍 지나가게. 빨리 1학기 끝나고 전학 갔으면 좋겠어."

계단을 한 층 올랐을 때, 유빈이가 나한테만 들리도록 작게 말했다. 우리는 계단 난간 옆에 나란히 섰다.

"그딴 헛소리, 금방 가라앉을 거야. 신경 쓰지 마."

"그러려고 했는데, 자꾸 신경이 쓰이네……. 어제는 우리 반 애가 얘기를 하다 갑자기 내가 너무 많이 웃는 것 같다는 거야. 별 의도 없는 말이었을 수도 있지만……. 내가 툭하면 아무한테나 웃기는 하잖아. 버릇이야. 잘 안 고쳐져."

유빈이가 이렇게 말하니 당혹스러웠다. 어쩌나? 당차던 노유빈이 이렇게 기죽어 있는 걸 보기가 힘들었다.

"잘 웃는 성격인데 그걸 왜 고쳐? 네 잘못 하나도 없어. 그러지 마, 유빈아."

유빈이가 슬픈 눈으로 나를 쳐다보았다. 마음이 찢어질 것 같았다.

그날 밤 잠들기 전에 냉동실에서 전복죽을 꺼내 놓았다. 다음

날 새벽에 일어나서 해동된 전복죽을 새로 끓이고 보온 도시락
통에 담았다.

늘 그렇듯 점심시간에 건우가 우리 교실로 왔다. 나는 건우를
보고 말없이 도시락을 들어 보였다.

"뭐냐?"

"전복죽."

"뜬금없이 웬 전복죽?"

나는 대답도 안 하고 건우 팔을 이끌고 유빈이네 교실로 갔다.
그리고 유빈이에게 도시락을 들어 보이며 말했다.

"우리 엄마표 전복죽! 한 숟갈만 먹어도 행복해지는 맛. 자! 날
파리가 오기 전에 우리가 다 먹어 치웁시다."

내 말에 유빈이가 웃었다. 오랜만에 보는 유빈이표 반달눈 웃
음이었다.

"오늘은 뒷산에서 먹는 거 어때? 색다르게."

내 말에 건우가 맞장구를 쳤다.

"좋다, 좋다. 근데 이거 가지고 누구 코에 붙이냐? 나 빵 좀 사
올게."

건우가 빵을 사러 매점으로 간 사이 유빈이와 나는 먼저 학교
뒷산으로 향했다. 우리가 자주 앉던 산 입구 나무 벤치는 다행
히 비어 있었다. 벤치 옆에 우뚝 서 있는 자귀나무엔 연붉은 꽃

이 피었다. 도시락을 여는 사이, 건우가 빵을 한 아름 사 가지고 헐레벌떡 뛰어왔다.

우리는 숟가락으로 순식간에 전복죽을 흡입했다. 그리고 건우가 사 온 빵과 우유를 먹었다.

"산에서 먹으니까 꼭 소풍 온 것 같다."

유빈이의 목소리가 밝았다.

다음 날에는 닭죽을 싸 가지고 갔다. 건우는 집에서 떡을 가지고 왔다. 보나 선배도 합세해서 우리 넷은 뒷산 자귀나무 아래서 점심을 같이 먹었다. 그 주에는 내내 그랬다. 이런다고 유빈이에 대한 모함이 사라지지는 않겠지만, 약간의 방패막이는 되고 싶었다.

11. 밖으로 끄집어내기

쉬는 시간에 교무실에 갔다. 담임은 책상 위에 있던 상장을 내밀었다. 얼마 전에 강당에서 열렸던 통일골든벨에서 내가 파이널까지 올라갔는데, 상장이 이제 나온 것이다. 나는 상장을 받은 뒤, 꾸벅 인사를 하고 나왔다.

담임은 상장만 툭 건넬 뿐, 의례적인 축하의 말도 해 주지 않았다. 이럴 거면 굳이 교무실로 부를 필요도 없잖아? 자판기 설치해서 알아서 상장 찾아가게 하면 될 것을. 한 걸음 또 한 걸음, 더러운 기분을 사뿐히 지르밟으며 복도를 걸었다.

빌어먹을 이 인정 욕구는 언제쯤 사라질까? 졸업할 때까지는 절대 없어지지 않겠지. 그러다 진학부장과 마주쳤다. 진학부장은 걸음을 멈추더니, 내 얼굴과 상장을 번갈아 가며 스캔했다. 뻔하다. 나한테 한마디 하려는 거다. 순간, 저 말을 들으면 내 멘탈은 하루 종일 깨져 있겠지 하는 생각이 스쳤다. 나는 얼른 인사를 꾸벅 하고 빠른 걸음으로 걸었다.

문득 떠올랐다. 내적 통제감. 보나 선배가 코어 단톡방에 올렸던 글에 나온 용어다.

복도 끝까지 갔다가 다시 되돌아서 교무실로 갔다. 교무실 문을 열고 뚜벅뚜벅 담임 앞으로 갔다.

"선생님! 저, 앞으로 정독실 못 가요."

담임은 나를 쓱 쳐다보더니 말했다.

"그래, 알겠다."

붙잡기는커녕 이유도 물어보지 않았다.

교무실을 나왔다. 속이 다 시원했다. 내가 먼저 정독실을 뻥 차 버렸다. 드디어. 온몸의 세포가 다시 살아나는 기분이었다.

갑작스러웠지만 충동적인 결정은 아니었다. 밤마다 머릿속 계산기를 두드렸으니까. 머리보다 몸이 먼저 움직이지 않았다면 나는 오늘도, 내일도 내내 고민만 했을 것이다.

보나 선배 말이 맞다. 내적 통제감이 있어야 자존감도 유지된다. 통제권이 외부에 있는 한 나는 영원히 불안의 노예로 살 수밖에 없다. 죽이 되든 밥이 되든 가능한 한 내 운명의 주도권은 내가 가지겠다.

교실로 향하는 계단을 오르는데 저 위에 병서가 보였다. 화장실에 다녀오는 건가? 녀석의 못생긴 콧구멍을 보자 마음속에서 분노의 불길이 일었다. 당장이라도 올라가 녀석의 멱살을 잡고 싶었다.

'너 유빈이한테 가서 당장 사과해! 안 그러면 오늘이 네 제삿날인 줄 알아!'

영화 속 장면처럼 이런 말도 하고 싶었다. 태어나서 한 번도 그런 행동을 해 본 적은 없지만.

성큼 계단을 올라갔다. 그제야 나를 발견한 병서가 걸음을 멈추고 나를 내려다보았다. 나는 병서를 애써 외면하고 교실로 향했다. 대체 뭐라고 따져야 한단 말인가? 병서의 SNS 글이 유빈이를 겨냥한 거라는 명백한 증거도 없는데. 원래 그렇다. 피해자는 있는데, 가해자를 특정할 수 없는 사안이 사람을 미치게 만든다.

"손에 든 그거, 뭐냐?"

뒤에서 병서가 물었다.

"알아서 뭐 하게?"

나는 뒤돌아보며 삐딱하게 대꾸했다. 두성고 전교 1등께서 별거 아닌 상장 하나가 왜 궁금해?

"그냥, 뭐. 근데 나, 요즘 킥보드 안 타고 다녀. 위험하다고 아빠가 못 타게 하셔. 별로 재미도 없고. 대신 새엄마가 자동차로 태워 주는데, 아침에 너한테 들를까? 같이 타고 가게?"

놀고 앉았네. 너랑 나랑 다정한 대화 나눌 사이냐? 유빈이한테 그런 짓을 하고도 이런 소리가 나와?

"됐어."

나는 짧게 대꾸하고는 다시 등을 돌렸다.

"너, 아직도 유빈이랑 붙어 다니더라?"

병서 입에서 유빈이 이름이 나오니 열이 확 올랐다. 더 이상은 참을 수 없었다. 나는 뒤돌아서 병서를 노려보았다.

"왜? 부럽냐?"

"부럽긴 뭐가 부러워? 좀 웃겨서 그렇지."

"뭐가 웃겨? 그런 글 쓰고도 성이 안 차?"

병서의 눈을 똑바로 바라보며 진지하게 말했다.

"야, 그건 그냥 끼 부리는 여자애들에 대해 쓴 거였어. 어떤 애가 댓글로 유빈이 얘기 쓴 거고."

"난 정확하게 어떤 글이라고 말한 적 없는데."

내 대답에 병서는 약간 놀라는 눈치였다.

"됐고, 앞으로 유빈이한테 신경 꺼."

"내가 신경을 왜 쓰냐? 나 개한테 관심 없어."

병서가 내 눈을 피한 채 말했다. 국가대표급 찌질이 자식아! 나 다 알고 있거든? 네가 유빈이한테 고백했다가 까인 거?

"그냥 유빈이 좀 웃기는 애니까 조심하라 이거야, 내 말은."

"허! 참!"

기가 막혀서 나도 모르게 헛웃음이 나왔다. 내가 피식 웃자 병서가 정색을 하고 말했다.

"개 완전 이중인격 위선자라니까. 특성화고로 전학 갈 거라며? 가라 그래. 하여튼 자기 합리화 쩔어. 명문대 못 갈 거 같으니까 도망가는 주제에."

유빈이는 얼마 전 코어 부원들에게 대학에 안 갈 거란 얘기를 공개적으로 했는데, 그걸 어디서 들은 모양이다. 그런데 화가 덕지덕지 붙은 병서의 말을 듣는 순간, 열받았던 머리가 도리어 시원해졌다. 어쩐지 웃음이 나왔다. 그래, 아마도 병서는 거기까지밖에 생각 못 할 거다. 그게 민병서의 세계 전부니까. 넌 진짜 세상을 향해 한 발짝도 나와 본 적 없을 테니까. 병서 너는 유빈이가 어떤 아이인지 영원히 알지 못할 거야.

순간 병서가 조금 초라해 보였다. 기대를 한 몸에 받는 전교 1등 모범생, 선망의 눈길로 다듬어진 오라가 병서에게서 사라진 느낌이었다.

"왜 쳐다봐?"

내가 별 대꾸를 않자 병서가 물었다.

"그냥 웃겨서."

"뭐가 웃겨?"

"너, 사고방식이 웃겨. 아니, 그냥 구려."

"내 사고방식이 왜?"

"잘 생각해 봐."

이 말을 남기고 나는 교실로 향했다. 뒤통수가 내내 뜨거웠다. 뒤를 돌아보니 아니나 다를까 병서가 나를 노려보고 있었다. 나는 다시 병서한테 가까이 다가갔다.

"병서야, 정답 자판기라고 들어 봤냐? 아마 못 들어 봤을 거야. 시험에 안 나오니까. 하여튼 정답 자판기 소리 듣고 싶지 않으면 세상을 좀 넓게 봐. 인간이 어떤 존재인지 고민도 좀 해 보고, 스스로 생각이란 걸 해서 주체적인 선택도 해 보고, 응?"

병서의 어깨를 툭툭 치며 이렇게 말했다. 병서의 눈동자가 잠깐 흔들렸다.

후련했다. 단순하지 않았던 많은 감정들, 병서를 향한 케케묵은 그 감정 찌꺼기들이 모조리 휘발된 것 같았다.

그날 저녁 집에서 공부를 하는데 유빈이한테서 톡이 왔다. 자기가 SNS 부계정을 만들었는데 놀러 오라는 거였다. 들어가 보니 계정 이름이 '비둘기 눈깔'이었고, 긴 글 하나가 올라와 있었다.

이모할머니는 노래방에 가면 늘 같은 노래를 불렀어요. 멜로디가 옛날

스타일인데, 다른 데서는 들어 본 적이 없는 노래입니다. 그런데 가사의 한 구절이 내 마음에 콕 와닿았어요.

'자그마한 소리로 욕하기보다는 커다란 소리로 노래하리.'

이 가사를 들으며 나는 그래, 뒷담화를 하느니 앞에서 당당하게 말하는 게 옳은 거지, 생각을 했어요.

그런데 얼마 전에 알았어요. 이모할머니 애창곡의 제목은 〈스물한 살의 비망록〉, 가사는 '자그마한 소리로 유혹하기보다는 더 커다란 소리로 노래하리'였네요. 맙소사! 오랫동안 내가 착각했던 거예요. 한두 번이 아닙니다. 나는 〈남행열차〉라는 트로트의 가사도 '만날 수 없어도 미치지 말아요'로 알았거든요.

나도 뒷담화를 하긴 하죠. 하고 나면 엄청 찔리지만. 앞으로는 당당하게 앞에서 말하려고요. 뒷담화는 직접 만날 수 없는 유명인이나 권력자에 대해서만 할 겁니다.

겪어 보니 더 알겠어요. 내가 안 보는 데서 떠드는 말들, 내가 보는 데서 작게 수군거리는 말들이 얼마나 상처가 되는지를요. 그래서 이 계정을 만들었어요.

저를 욕하실 분들은 여기에 글 올려 주세요. 쪽지를 주셔도 괜찮아요. 글 써 주시면 반성할 점은 반성하고 고칠 점이 있으면 노력해 볼게요.

시간을 보니 조금 전 올라온 글이었다. 그 글에 보나 선배가 단 댓글이 하나 있었다.

- 비둘기 눈깔, 멋지다! 파이팅!

나도 냉큼 댓글을 달았다.

- 비둘기 눈깔 멋지다! 파이팅! 222222222

내가 댓글을 쓰자마자 동시에 코어 동아리 선배의 댓글이 올라왔다.

- 사랑하는 후배님! 마음껏 끼 부려! 아자! 유빈이 하고 싶은 대로 다 해! ㅎㅎㅎ

댓글 행진이 이어졌다. 코어 부원들, 특성화고 친구들, 유빈이네 반 친구도 있었다. 주로 응원 글이었는데, 사이사이 이런 댓글도 있었다.

- 노래 가사 잘못 알아듣는 거, 그건 내 전문ㅋㅋㅋ 난 방탄 노래에서 '모든 불행을 멈추고 천국을 데려와'를 여태 '모든 불행을 멈추고 정국을 데려와'로 알아들었음. ㅋㅋㅋ

- 나도, 나도!! '달던 꿈은 깼고'를 '달던 꿈은 개꿈'으로 들음.

- 이거 빼면 섭하지. '넌 내 하나뿐인 태양 세상에 딱 하나'를 '넌 내 하나뿐인 대야 세수하게 닦아 놔' ㅎㅎ

그날 늦은 밤까지 댓글들이 올라왔다. 나는 유빈이의 '비둘기 눈깔' 부계정을 보며 계속 키득거렸다.

다음 날, 유빈이는 쇼트커트를 하고 나타났다. 잘 어울린다고 건우가 유난을 떨었다. 조금 멋있어 보였지만, 나는 아무 말도 하지 않았다.

우리 셋은 함께 점심을 먹었다. 그런데 학교 공기가 확 달라졌다. 마음껏 비난하라고 판을 깔아 주니, 유빈이만 보면 키득거리던 아이들이 바퀴벌레처럼 사라졌다. 우리가 응원 댓글로 선수를 치기는 했지만, 비난 글도 올라오지 않았다. 다만 저쪽 정수기 옆에서 밥을 먹던 남자애 셋이 우리를 보며 클클거렸는데, 유빈이가 쳐다보니까 금세 눈을 내리깔았다.

"부계 인기 대단해. 이러다 본계 뛰어넘겠어."

건우의 농담에 우리는 모처럼만에 같이 하하 웃었다.

"앞에선 아무 말도 못 하고, 진짜 유치찬란하다니까. 어제는 민병서가 나한테 뭐랬는지 아냐? 어디서 들었는지 네가 특성화고 전학 간다는 걸 알고는 명문대 못 가서 그런 거래. 어찌나 어이없던지. 유치함에 웃음만 나오더라."

"뭐, 그렇게 생각하는 사람도 있겠지. 대학 안 간다는데 입으로야 너 용감하다, 훌륭하다, 말하지만, 속으로는 너는 끝났어! 이러기도 할 테고."

내 말에 유빈이가 덤덤하게 말했다.

"나는 너, 대단해 보였어. 진심. 나는 너처럼 용기가 없어서 대학은 갈 생각이지만, 진짜야."

건우가 엄지를 들어 보이자 유빈이가 씩 웃었다.

"원래 그래. 성공하면 대단해지는 거고, 실패하면 그럴 줄 알았다고 하는 거야. 어쨌든 내가 증명해 보일게. 반드시 성공하고 말겠어."

"그래도 한 번뿐인 인생인데, 나중에 아니다 싶으면 어쩔 거야? 대학 안 간 거 후회되면 어떡해?"

"그럼, 그때 가서 대학 가지, 뭐. 대학 입학에 나이 제한 있는 거 아니잖아."

가볍게 말했지만 유빈이 말에 진심이 느껴졌다. 그때 어떤 바람이 섬광처럼 내 머리를 스쳤다.

유빈이가 보란 듯이 성공했으면 좋겠다. 그래서 유빈이의 행보를 조롱하거나 의심을 품었던 사람들이 자신의 안목을 후회하는 날이 오기를. 성공한 유빈이는 그런 사람들까지 다 품어 주는 큰 사람이 되기를. 그런 날이 올 때까지 나는 유빈이의 서포터가 되고 싶다. 이 아이의 인생을 빛나게 만들어 주는 조명 반사판 같은 역할. 그러려면 나도 뭔가가 되어야겠지. 유빈이에게 힘이 되어 줄 수 있으려면.

내가 되고 싶은 그 뭔가가 구체적으로 뭔지는 모르겠지만 당장은 공부를 해야겠다는 생각이 들었다. 현재 할 수 있는 건 그냥 이거밖에 없으니까.

독서실에 등록했다. 스파게티 통처럼 생긴 1인용 자리로. 기말까지만 이용할 생각이다. 수업 끝나고 가방을 싸서 나왔다. 김밥을 하나 사 먹고 독서실로 갈 계획이었다.

초록색 감이 주렁주렁 달려 있는 어느 주택 옆을 지나 횡단보도까지 왔을 때였다. 뒤에서 누군가 내 허리를 꾹 찔렀다.

"잠깐 나랑 얘기 좀 할 수 있어? 잠깐이면 돼."

하림이였다.

하림이와 나는 근처 공원으로 갔다. 하림이가 나더러 벤치에 앉으라고 했다.

"부탁할 게 있어서."

하림이가 입을 열었다. 하림이와 나란히 앉아 있는 게 좀 어색하고 부담스러워서 나는 앞만 쳐다보았다.

"너, 민병서랑 정말 친구 맞아?"

"또 병서 얘기야?"

내 날 선 대답에 하림이가 놀란 눈이 되었다.

"아니, 너 기분 나쁘게 하려고 한 말은 아니고……."

하림이는 병서가 사귀는 동안 얼마나 이기적이고 생각 없이 굴었는지에 대해 늘어놓았다. 나한테는 새삼스러운 이야기도 아니었지만.

"그거 알아? 민병서, 입만 열면 네 얘기 하는 거. 널 질투하는 거 같아. 자격지심일 수도 있고. 장난 아니야. 걸핏하면 방준호가 어쩌고저쩌고."

"그냥 할 말이 없으니까 그래."

"혼내 주고 싶지 않아?"

"아니, 됐다 그래. 그런다고 나아질 애도 아니고."

나는 단호하게 말했다.

"그럼 나 부탁 하나만 하자."

하림이가 검지를 들어 보이며 말했다.

"무슨 부탁?"

"나랑 사귀는 척해 줘. 당분간만, 한 2주 정도만."

하림이의 목소리는 간절했다.

"무슨 부탁이 그래?"

"사귀는 척이 부담스러우면 진짜 사귀면 되잖아. 사귀다가 아닌 거 같으면 헤어지면 되는 거고."

하림이가 천연덕스럽게 말했다. 아, 조하림! 잊고 있었던 갑갑함이 다시 몰려왔다.

"그건 좀 곤란하겠다. 나 여친 있어."

나는 이렇게 둘러댔다. 짧은 순간이지만 거절하려면 이 방법밖에 없다고 판단했다. 하림이가 병서한테 복수하려고 이러는지 아니면 다시 병서랑 잘해 보고 싶어서 이러는지 알 수는 없지만, 어쨌든 이용당하기 싫었다.

이런 반응은 예상하지 못했는지 하림이는 당황한 기색이 역력했다. 나는 벤치에서 벌떡 일어났다.

"용건 끝났지? 나 먼저 간다."

그리고 뒤도 안 돌아보고 공원을 나와 토스트집으로 향했다. 김밥집은 공원 반대편에 있어서 거길 가려면 시간이 한참 더 걸린다. 하림이랑 얘기하느라 동선이 꼬여 버렸다.

나는 치즈토스트를 주문했다. 토스트집 아저씨가 마가린 바른 철판에 식빵을 막 올릴 때였다.

"야! 방준호! 너 그렇게 가 버리면 어떡해!"

뒤돌아보니 하림이가 식식거리며 나를 노려보고 있었다. 지나가던 행인 몇이 힐끔거리며 쳐다보았다.

"어떻게 일방적으로 네 말만 할 수가 있냐고!"

하림이가 소리를 버럭 질렀다. 거의 울 것 같은 표정이었다. 항상 하림이가 자기 말만 한다고 생각했는데, 오늘은 반대였던 거다.

"……미안."

"……네가 휙 가 버리니까 화나잖아. 내 얘기 아직 다 하지도 않았는데."

하림이 목소리가 좀 전보다는 차분했다.

"좋든 싫든 내가 왜 이런 부탁을 했는지…… 끝까지 들어야 되는 거 아니야?"

"정말 미안해. 무슨 얘기를 하려고 했던 건데?"

우리는 다시 공원으로 가 앉았다.

하림이는 작게 한숨을 쉬더니 이야기를 시작했다. 하림이에게서 한 번도 들어 본 적 없는, 아주 긴 이야기였다.

봉지에 싼 토스트가 식어 갔다. 그렇지만 배가 고프지 않았다. 어느새 내 마음은 하림이의 목소리를 따라 어지럽게 출렁이고 있었다.

12. 드넓은 바다를 상상하기

하림이와 헤어져 독서실로 오니 일곱 시가 지났다. 나는 입구에서 후딱 토스트를 먹고 1인용 독서실로 들어갔다.

'LED 등을 켜니 저절로 공부하고 싶어졌다.'

의자에 앉을 때면 늘 이렇게 주문을 건다. 백팩에서 책을 꺼냈다. 하림이와 얘기하느라 시간을 많이 까먹었네, 지금부터 신나게 공부해야지! 또 이렇게 주문을 걸었다.

수능 기출 영어 문제집을 펼쳤다. 기말에는 반드시 작년 수능 문제를 낸다는 소리를 들어서 우리 반 아이들 대부분이 하나씩 샀다. 생각보다 쉽네, 했다가 34번에서 콱 막혔다. 대체 It이 뭘 가리키는 거야? 문제 풀이 동영상을 볼까? 아니면 보나 선배한테 톡을 보내 물어볼까? 그럴 의욕이 안 났다. 솔직히 아까부터 공부에 집중이 잘 안된다.

"사귀는 척이 안 되면, 그냥 친구로서 친한 척해 주면 안 될까?

나, 있지. 너 같은 모범생의 든든한 보호막이 필요해. 나 좀 도와주면 안 돼?"

아까 하림이는 이렇게 말했다. 맞다. 이거 때문이다. 생각 좀 해본다는 말을 뱉어 놨더니, 내내 그 생각이다.

하림이는 초등학교 고학년 때부터 끝도 없이 얼평과 몸평을 당했다. 거기에 슬쩍슬쩍 끼워져 있던 성희롱들, 아니 땐 굴뚝에서 모락모락 피어오르던 이상한 소문들.

"나 중학교 때 임신했다는 소문도 있었어. 다이어트하다가 쓰러져서 결석했을 때. 실은 낙태수술하려고 결석했다는 거야. 기가 막히지? 소문이 사실이었으면 나 지금쯤 아이 다섯 명은 낳았을 거야."

이 말을 할 때 하림이는 허탈하게 웃었다. 처음에는 자기를 향한 시선과 관심이 좋았다고 했다. 시기와 질투, 모욕적인 평판은 예쁜 여자가 견디어야 할 운명이라고 스스로를 세뇌시켰다. 하지만 언젠가부터 한계에 이르렀다고, 그것들을 견딜 힘이 한 방울도 남지 않았다고 했다.

그러다 모범생과 다니면 이상하게 들러붙는 관심과 만만하게 보는 시선이 조금은 사라진다는 걸 알게 됐다. 이 방법이 완벽하지는 않아도 성공적이었다. 그런데 민병서랑 헤어지고 나니 다시금 독버섯처럼 악플이 생기고, 안 좋은 시선들이 쏟아졌다. 결국 하림이는 어제 SNS를 비활성화시켰다고 했다.

이해가 갔다. 지난번 하림이랑 홍대 거리 갔을 때 나도 당했으니까. 잠깐의 시선 폭력에도 모욕을 느꼈다. 그런데 일상적으로 악의적인 관심을 받는 하림이는 오랫동안 얼마나 외롭고 힘들었을까?

지금도 화가 난다. 타인을 함부로 재단하고 평가하고 마침내 공격하는 사람들. 이런 사람들을 어떻게 하지? 답은 명확하다. 무시하거나 맞서 싸우면 된다. 혼자면 어려워도 함께하면 이겨 낼 수 있다. 그리하여 하림이한테 도와주겠다고 했다. 사귀는 척을 하는 건 곤란하겠지만, 방법을 생각해 보겠다고.

에라 모르겠다. 공부도 안되고. 가방을 싸서 독서실을 나왔다. 오늘은 그냥 게임 조금만 하고 일찍 자야겠다.

독서실 건물을 나오다 병서랑 딱 만났다. 바깥에는 비가 내리고 있었다. 우산을 접던 병서가 나를 보고 약간 놀란 눈치였다.

"너도 여기 다녀?"

병서가 물었다. 아. 갑자기 엄마가 원망스러웠다. 이 독서실은 엄마가 끊어 준 거였다. 동네에서 소문난 곳이라고. 병서가 다녀서 소문이 자자한 곳이었군.

"이 시간에 웬일이냐?"

내가 물었다. 이렇게 늦은 시간에 와서 도대체 언제까지 공부하려고? 이 자식이 좁은 세계를 유치하게 살아가긴 하지만, 노력 하나는 정말 대단하다. 민병서는 6월 모의고사에서도 전교 1등을 했고, 그 결과는 자기 손으로 직접 만들어 낸 것이었다. 노력은 누가 대신 해 줄 수 있는 게 아니니까.

"과외 끝나고 온 거야."

"이 시간에?"

"과외가 지금 끝났으니까."

"그럼 몇 시까지 할 거야?"

"그냥 오늘 할 분량만 하고 갈 거야. 근데 그건 왜 물어?"

병서가 추궁하듯 물었다. 하긴 그렇다. 병서가 몇 시까지 공부할지 내가 왜 묻고 앉았나? 나는 고개만 끄덕이고 병서를 향해 손을 흔들었다.

얼른 집에나 가야지. 발걸음을 옮기려는 찰나, 병서가 물었다.

"우산 빌려줄까?"

대박이다. 자기밖에 모르는 녀석이 우산 빌려줄 생각을 다 하고.

"됐어. 너도 써야 되잖아."

"새엄마가 데리러 오기로 했어."

"됐어."

다시 등을 돌리려는데, 병서가 나를 붙잡듯 다급하게 말했다.

"너 아직 유빈이랑 친하지?"

나는 1초도 망설이지 않고 고개를 끄덕였다.

"유빈이가 오해하는 거 같아서 말이야. 전에 SNS에 썼던 글, 유빈이 얘기 아니야. 진짜 아니야."

"알았어. 그렇게 전해 줄게."

"그리고……."

"뭐?"

"애들이 나를 엄청 오해하는데, 나, 그렇게 접근하기 어려운 남자, 뭐 그런 스타일 아니야. 나 눈 안 높아. 괜히 오해하지 말라는 소리야."

병서가 내 눈치를 살피며 말했다. 그때 알아차렸다. 이 녀석이 나한테 이 말을 하는 이유를. 자기가 유빈이한테 까인 이유를 드디어 스스로 찾아낸 거다. 자기가 눈이 엄청 높고 접근하기 어려운 남자여서 유빈이가 지레 겁먹고 거절한 거라고. 미치겠다. 이녀석이랑 대화를 하느니, 차라리 북극고래와 지구 환경에 대해 토론하는 게 훨씬 말이 잘 통할 거다.

"그렇구나. 알았어. 누가 물어보면 너 눈 낮다고 말해 줄게."

나는 고개를 끄덕이며 이어 말했다.

"그런데 그거 아냐? 유빈이 눈 엄청 높다? 걔 남자 보는 눈 은

근 까다로워. 그냥 그렇다고."

내 말에 병서의 눈빛이 흔들리는 게 보였다. 기분이 좋았다. 내가 좀 잔인한 면이 있다.

비를 맞으며 걸었다. 아파트 단지 펜스 너머 물기를 머금은 나무들이 한층 짙은 향기를 뿜었다. 우산을 든 다른 학교 학생들이 내 옆으로 지나갔다. 야자를 끝내고 오는 것 같았다.

갑자기 하늘이 보고 싶어서 걸음을 멈추고 고개를 들었다. 컴컴한 대기에 하늘은 보이지 않고 가로등 불빛을 머금은 빗줄기만 유성우처럼 얼굴 위로 쏟아졌다. 빗방울이 얼굴을 뚫고 가슴으로 떨어지는 듯했다.

존재하기는 하나 만질 수도, 볼 수도 없는 것들이 있다. 하늘에 있으나 보이지 않는 별처럼 나는 마음이 어떤 방향으로 굴러가는지 몰랐다. 늘 그랬다. 나는 모범생답게 마음이 시키는 일보다 마땅히 해야 할 일을 하며 살았다.

이제는 알겠다. 잠깐 흔들렸으나 내 마음이 단호하게 하림이를 밀어낸 이유.

내 안에 그 애가 들어와 있었다. 어느 때부터인가 아침에 눈을 뜨면 그 아이 생각부터 났다. 쉬는 시간, 점심시간, 방과 후에도 그 애부터 찾았다. 어쩌다 이렇게 되었지? 나도 모른다. 그 애는 나에게 조금씩 스며들더니 이제는 내 마음을 꽉 채운 존재가 되어 버렸다.

그동안 나는 짝사랑만 했다. 대상을 내 마음대로 상상해 버리고 내 마음대로 관계를 규정지었다. 그저 내가 만든 허상을 좋아했을 뿐이었다. 그런데 지금은 아니다.

내 마음의 안개가 걷히니 당장 뭘 해야 할지 판단이 섰다. 나는 하림이에게 전화를 걸었다. 하림이는 집에 있었다.

"문자로 할까 했는데, 문자로 하면 오해가 생길까 봐 전화했어. 통화 가능해?"

"응. 괜찮으니까 얘기해."

"빨리 답을 해야 할 것 같아서 전화했어."

"고마워. 아까 너한테 그런 말 하고 나서 내내 공부가 안되더라. 네가 전화 안 했으면 잠도 못 잤을 거야."

전화 너머에서 하림이가 말했다. 목소리는 한결 차분했다. 그 말을 들으니 마음이 조금 아팠다. 비는 계속 내렸다. 나는 횡단보도를 건넜다.

"아까 여친 있다고 했던 말, 사실 거짓말이야. 근데 나 지금 좋아하는 사람 있어. 누군지는 묻지 말아 줘. 어쨌든 내가 걜 많이 좋아해. 그래서 사귀는 척은 안 돼."

내 말에 하림이가 한숨을 푹 쉬었다.

"그랬구나. 핑계인 줄 알았는데."

"미안해."

"아니야, 네가 미안해할 건 아니지. 그냥 내가 좀 쪽팔려서 그렇지."

"근데, 친구로서 널 도와줄 수 있어. 아까 너 얘기 들으니 화가 많이 나더라."

"정말?"

"당연하지. 웃기지도 않은 소리 하는 애들이 보이면 꼭 뭐라고 할 거고, 네 편이 필요하면 나설게. 같이 다니지는 못하지만 가끔 점심 정도는 같이 먹자."

"그럼 나, 너희 동아리 들어가면 안 될까? 코어 부원은 아무도 무시 못 하잖아."

하림이가 말했다. 난감했다. 호의를 가지려고 마음먹을 때마다 하림이는 꼭 초를 친다.

"그건 내 마음대로 결정할 사안이 아니고, 매 학기 신입 부원 뽑잖아. 그때 지원해 봐."

나는 최대한 사무적인 어투로 말했다. 그러자 하림이는 또 한숨을 푹 쉬었다.

토요일 오전, 샤워를 하고 나오니 삼촌이 식탁에 앉아 노트북을 보고 있었다.

"나가냐?"

"응. 독서실."

"시험 언제라 그랬지?"

"다음 주 수요일부터."

내 말에 삼촌이 고개를 끄덕였다.

방에 들어가 옷을 갈아입고 나왔다. 가방 챙기고 어쩌고 하다 보니 그새 머리가 다 말라 있었다.

"좋겠다."

운동화를 신고 나가는 나를 보더니 삼촌이 이렇게 말했다.

"뭐가?"

"그냥. 젊어서 좋겠다고."

"그럼 나랑 바꾸자. 삼촌이 입시 지옥에 들어가고 난 직장 다니며 신나게 살고. 어때?"

"좋지. 나 입시 지옥 경험 못 해 봤잖아. 우리 바꾸자."

삼촌이 개구쟁이처럼 웃었다.

간밤에 내린 비 때문에 대기가 청량했다. 나는 자전거를 타고 독서실로 향했다. 바람을 가르며 달리니 상쾌했다. 가는 동안 바지 주머니에 있는 휴대폰이 계속 울렸다. 자전거를 멈추고 휴대폰을 꺼냈더니 보나 선배한테서 온 부재중 전화가 찍혀 있었다.

통화 버튼을 눌렀다.

"기말시험 끝나는 날 뭐 해?"

전화 너머에서 선배가 다짜고짜 물었다.

"별 계획 없는데요."

"같이 축구 보러 가지 않을래? 유빈이 정호빈 보러 간다는데, 우리도 따라가자고."

"어? 좋은데요. 건우는 간대요?"

"응. 당연히. 어제 건우랑 톡 주고받다가 나온 얘기야. 마침 시험 끝나는 주 토요일에 경기가 있대. 하여튼, 너도 간다니 코어 단톡방에 올린다. 축구 좋아하는 애들 좀 있어. 1학기 코어 단합 대회 경기장에서 하지, 뭐."

선배 목소리가 시원시원했다. 전화를 끊고 나자 내 심장이 확 뜨거워졌다. 그날 그 경기장의 열기가 다시 되살아난 것이다. 갑자기 환한 희망이 내 안에 차올랐다.

나는 독서실 대신 학교 방향으로 향했다. 큰길 사거리까지 힘껏 페달을 밟았다. 그리고 베이커리 앞에서 멈췄다.

다행히 솥뚜껑의 감자빵이 여전히 중앙 매대에 있었다.

사진을 찍어서 유빈이한테 보냈다. 1초 만에 전화가 왔다.

"어디서 많이 본 빵 같은데?"

"먹고 싶지?"

"응, 맛있겠다."

"먹고 싶으면 나올래?"

"좋지! 빛의 속도로 갈게. 혼자 다 먹으면 안 돼!"

유빈이는 벌써 교문 앞에서 날 기다리고 있었다.

"헐! 날아왔냐? 어떻게 나보다 일찍 왔어?"

내 말에 유빈이가 활짝 웃었다.

"사실 시험공부하려고 나와 있었어."

유빈이는 이렇게 말하며 손을 내밀었다. 그 손에 빵 봉지 두 개를 건넸다. 그런 다음 거치대에 자전거를 세웠다.

"진심 리스펙이다. 전학 갈 계획이면, 나 같으면 마음이 붕 떠서 공부 못 할 거 같은데."

"에이, 생기부가 계속 따라다니는데 공부를 아예 안 할 순 없지. 사실 공부 잘 안되는데, 그냥 학교 나온 거야. 엉덩이 붙이고 앉아 있으면 몇 문제라도 풀 거 같아서."

우리는 자연스럽게 뒷산으로 향했다. 비 온 뒤의 숲은 맑고 서늘했다. 어디선가 새 소리가 났다. 이 나무에서 구구거리면 저쪽에서 재재거렸다.

"저 소리 산비둘기라더라. 내가 녹음해서 물어봤어."

"누구한테?"

"그냥 SNS 친구들한테. 근데 산비둘기라서 그런가, 괜히 친근하게 느껴져. 나 비둘기 눈깔이잖아."

유빈이가 장난스럽게 말해서 나도 킬킬 웃었다. 이 단어를 웃으면서 얘기하는 날이 올 줄이야.

우리 둘이서 나란히 걷는 이 상황이 비현실처럼 느껴졌다.

지난밤, 내 마음의 나침반이 가리키는 방향을 깨닫고 나니 잠이 오지 않았다. 마치 다시 태어난 것 같았다. 흥분된 감정이 가라앉지 않았다. 그럼에도 전혀 피곤하지 않았다. 이런 감정이 생길 때 뭘 어떻게 하는 거지? 진지하게 고민했다.

"음, 여전히 맛있군!"

유빈이가 나에게 감자빵을 건넸다. 우리는 티슈로 물기를 닦아 낸 벤치에 나란히 앉았다.

"그러게 말이야. 이거 그 베이커리에서 시그니처 메뉴로 밀고 있는 거 같더라."

"정말? 와! 솥뚜껑 대단하다! 가만, 응원 글 써 줘야겠다."

유빈이는 주머니에서 휴대폰을 꺼냈다. 나는 그러는 유빈이를 쳐다보았다. 지난밤 생각했다. 유빈이를 만나면 좋아한다고 말해야겠다고. 아니, 내 안의 감정이 너무 커져서 고백이 자동으로 튀어나올 줄 알았다. 그런데 막상 만나니 여태 해 왔던 친구 사이의 대화가 그대로 이어지고 있었다.

"아! 고양이 밥!"

유빈이가 나를 쳐다보며 소리를 질렀다. 눈이 마주치자 내 심장이 확 뜨거워졌다.

"왜?"

"가방에 고양이 사료 챙겨 왔는데. 들고 올 걸 그랬어."

"나중에 주러 나오면 되지. 나도 같이 밥 줄래."

"그럼 아예 사료 두는 장소를 만들까?"

"그러자."

"여기 산고양이 중에 나 알아보는 애가 있거든? 내가 사료 들고 올라오면 기다렸다는 듯이 나타나는 애야. 얼마나 귀여운 줄 알아? 좀 있다가 보면 너무 귀여워서 깜짝 놀랄걸."

유빈이와의 대화는 여느 때와 다르지 않았다. 편하고, 즐겁고, 설레고.

꼭 오늘만 날은 아닐 것이다. 고백은 잠시 미뤄야겠다. 동물적 감각으로 안다. 고백에도 타이밍이 있다는 걸. 지금은 때가 아니라는 걸.

"근데 나 전학 가면 애들 어떡하지? 보나 언니가 있기는 한데, 언니 곧 고3이잖아."

"내가 줄게. 어떻게 하면 돼? 매일 주는 거야?"

나도 모르게 튀어나온 말이었다. 내 인생에 고양이 밥 챙겨 주는 일이 생길 거라고는 상상한 적도 없다. 내 말에 유빈이의 눈이 또 반달 모양이 되었다. 저쪽에서 산비둘기가 구구거렸다.

그런데 고백을 할 타이밍은 언제란 말인가? 관계가 무르익어야 고백할 수 있다는데, 유빈이는 곧 떠난다. 그 생각을 하자 가슴 밑바닥에서 슬픔이 찰랑찰랑 물결치는 것 같았다.

"너 전학 간다고 생각하니 엄청 서운하다. 보나 선배, 너, 건우 그리고 우리 코어 친구들이랑 평생 잘 지냈으면 좋겠는데."

유빈이가 나를 물끄러미 쳐다보았다.

"전학 간다고 소식 끊어지는 것도 아닌데, 뭘. 그리고 우리는 아마도…… 음, 평생 가지 않을까? 지금은 떨어져 지내도 나중에 다시 다 만날 거야. 자유의 바다에서."

"자유의 바다?"

"응. 나 그 말 되게 좋아한다? 서로 다른 줄기의 강물이 바다에서 만난다는 말 말이야. 우리가 각자 잘 살면, 반드시 다시 만나게 돼."

유빈이가 한 말이 무슨 뜻인지 알 것도 같고 모를 것도 같았다.

"각자 잘 사는 게 뭔데?"

"음…… 그냥, 지금처럼 사는 거 아닐까? 길고양이 밥 챙겨 주고, 친구랑 맛있는 감자빵 나눠 먹고, 뭐 그러는 거."

"오, 왠지 나 잘 사는 거 잘할 거 같아."

"응, 그럼! 있지, 바다는 어디서 온 물줄기인지 따지지 않잖아. 경계도 없고 서열도 없고⋯⋯. 우리가 어른이 되면 그런 세상이 오겠지? 아마 올 거야. 우리가 꿈꾸면⋯⋯ 아니다. 온다, 와! 우리는 그런 세상에 살게 될 거야. 믿어 봐."

유빈이가 나의 등을 툭툭 두드리며 말했다.

"그래, 믿어. 믿습니다!"

나는 고개를 끄덕이며 큰 소리로 말했다. 말은 장난스럽게 했지만 유빈이가 말한 이미지가 머릿속에 가득 그려졌다. 태양이 반짝이는 드넓은 바다와 백사장에 모인 좋은 사람들, 그리고 고양이와 산비둘기까지.

조금 슬펐다. 이런 꿈을 꾸며 유빈이랑 매일 같이 지낼 수는 없는 걸까?

13. 고양이인가 싶을 때 다시 보기

독서실을 그만 다니겠다고 했더니, 총무는 선선히 환불해 주었다. 인기 있는 곳이라 그런가 보다. 독서실이 그만큼 좋기는 했지만 가방을 챙겨 왔다 갔다 하는 게 여간 번거로운 게 아니었다. 학교에서 야자하는 게 여러모로 편했다.

한번은 담임이 물었다.

"너 학원 안 가?"

나는 천연덕스럽게 학원을 그만뒀다고 대꾸했다. 다행히 담임은 별말을 하지 않았다.

유빈이랑 둘이 공부하는 날이 많았다. 건우는 내신 파이널 특강을 들으러 새벽부터 학원에 다녔다. 학교 수업이 끝나면 또 학원에 갔다. 새벽이나 늦은 밤에 학원을 열면 법에 걸린다는데, 암막 커튼으로 창문을 다 가리고 몰래 수업한다고 했다. 건우는 비밀을 지켜 달라고 신신당부했다. 혹시라도 신고 들어가는 날에는 학원이 망한다면서.

유빈이와 나는 복도에서 같이 공부했다. 우리는 계단 난간 쪽에 나란히 자리 잡고 앉았다. 유빈이는 음악을 들으며 공부했는데, 이따금 나한테 수학 문제를 물어보기도 했다.

어떤 날은 고양이 밥 주러 뒷산에 같이 올라갔다. 숲속의 밤은 신비로웠다. 숲에 사는 동물들의 수면을 방해하지 않기 위해서인지 산책로 입구에만 있는 가로등 불빛은 은은하게 멀리 퍼졌다.

이따금 칼날 같은 불안이 나를 찔렀다. 시험 망치면 어쩌지? 유빈이가 전학 가 버리면 그 뒤에 나는 어쩌지? 언제나 그랬다. 불안은 여전히 그림자처럼 나를 따라다닌다. 정독실에 있을 때보다는 훨씬 나아졌지만.

그래도 기말 시험 끝나고 같이 축구 경기를 보러 간다는 생각을 하면 견딜 만해졌다. 어깨를 겯고 같이 응원하는 상상을 하면 기분이 좋아졌다.

"전학 가면 우리 학교 다시 안 올 거야?"

한번은 유빈이에게 이렇게 물었다. 따로 만나자는 말은 차마 못 하고.

"자주 오기는 힘들겠지? 대신 우리 박물관 봉사 때 만날 거잖아. 나 계속 거기 나갈 거야."

유빈이의 말은 불안감의 칼에 찔린 내 마음을 다독였다. 그렇다 해도 네가 떠나고 나면 많이 쓸쓸하겠지. 십 대가 마무리될 때면, 내 정서의 많은 부분은 그리움으로 채워질 것이다.

기말 첫날 시험은 그럭저럭 괜찮았다. 하긴, 이런 말도 우습다. 절대평가가 아니니까. 시험 잘 본 아이들이 많으면 등급이 미끄러지는 건 순식간이다.

나는 현관에서 건우를 기다렸다. 우리는 늘 그랬듯 같이 집에 가서 라면을 끓여 먹을 것이다. 오늘은 조금만 뒹굴다가 건우는 학원에 가고 나는 다시 학교에 올 생각이었다.

 - 내일, 아니 오늘 시험이야? 그럼 건우 오겠네? 설거지는 꼭 해 놔라.

새벽에 깼더니 삼촌한테서 이런 톡이 와 있었다. 우리는 같은 집에 살면서도 문자로 대화할 때도 있다. 이제는 삼촌도 알아 버렸다. 시험 끝나면 건우가 온다는 걸.

건우네 반 아이들이 우르르 계단을 내려오고 있었다. 그 아이들이 다 지나간 뒤에도 건우는 코빼기도 보이지 않았다. 늦는다는 문자도 없다. 아마도 시험 답을 맞춰 보고 있겠지. 그러면서 죽고 싶다는 소리를 랩처럼 떠들고 있겠지.

운동장에는 장맛비가 내리고 있었다. 건우를 기다리는 동안 엄마한테 전화를 걸었다. 그런데 아빠가 받았다.

"준호 잘 지냈어? 오늘 기말 보는 날이지? 엄마 지금 화장실에 있는데. 여보! 여보!"

전화 너머에서 아빠가 소리를 질렀다.

"아니, 됐어. 아빠랑 통화해도 돼."

생각지도 못하게 아빠 목소리를 들으니 뜬금없이 눈물이 나
려고 했다.

"아빠, 할 말이 있는데…… 나, 전학 안 가고 그냥 여기 계속
다니려고."

이 말을 하려고 전화한 거였다. 등급이 미끄러지든 말든 그냥
이 학교에 다니겠다고. 전학은 가지 않겠다고.

"그렇구나. 괜찮겠어?"

"응. 전에 삼촌이 그랬는데, 전학은 뿌리를 이동하는 거래. 뭐,
그 말에 백 프로 동의하는 건 아니지만, 그냥 여기서 뭉개려고.
참! 아빠, 나 통일골든벨 상 탔어."

"아이고, 잘했네!"

"건우도 있고, 여기서 좋은 친구도 사귀었어. 그리고 고양이 밥
도 챙겨 줘야 하고."

"고양이 밥?"

아빠가 놀란 목소리로 되물었다. 그런 일 때문에 전학을 포기
했다고? 이렇게 묻는 듯했다. 그런데 고양이 밥은 전학을 포기
한 결정적 이유 중 하나다. 유빈이 부탁이라 꼭 들어주고 싶었다.

"응. 그거 말고도…… 아빠 말처럼 크게 생각하지 않고 그냥 해 보려고."

"그래."

"근데 수학 학원은 다녀야 될 수도 있어. 아빠, 나 수학 학원 보내 줄 수 있지?"

"그럼, 그럼."

통화를 하는 동안 내 옆으로 많은 아이들이 지나갔다. 나는 수족관을 지나 교장실 쪽으로 천천히 걸었다. 조용히 통화하려면 그쪽이 편하다. 건우가 오는 것도 보이는 자리.

"우리 준호, 장하구나."

"뭐가?"

"그냥, 의젓해진 거 같아."

아빠가 말했다. 아빠 목소리 톤은 변화가 별로 없지만 나는 아빠의 감정을 잘 알아차리는 편이다. 아빠는 항암치료가 끝났다고 했다. 잘 견디어서 담당 의사한테 칭찬을 들었다는 말도 덧붙였다.

"잘됐네. 아빠 건강 잘 유지해서 오래오래 나 지켜 줘. 생각해 봤는데, 아무래도 나는 22세기가 되어야 철들 것 같아. 그때까지 엄마 아빠가 나 지켜 줘야겠어. 알았지?"

"그래 알았어. 준호도 시험 스트레스 너무 받지 말고, 즐겁게 지내. 괜히 밤샘 같은 거 하지 말고."

"밤샘 안 해."

"그래야지. 오늘 하기로 한 공부만 하고, 친구들이랑 맛있는 거 먹고, 잘 놀고 그러면 되지 뭐. 계절도 느끼고 햇빛도 즐기면서."

"햇빛 즐기고 싶어도 안 돼. 여기 지금 비 와. 하여튼 알았어. 공부도 대충 하고, 실컷 놀면서 살게."

내 농담에 아빠도 같이 웃었다.

기말 망했다는 소리를 백만 번쯤 한 뒤에야 건우의 표정이 밝아졌다. 건우는 말로 불안감을 털어 내는 스타일이다. 집에 와서 건우와 라면 다섯 개를 끓여 먹고는 설거지도 하지 않은 채 휴대폰으로 게임을 했다. 게임은 더럽게 재미없었다. 건우는 그새 코를 골며 옆에서 자고 있었다.

나도 깜빡 잠이 들었다. 그러다 건우가 부스럭거리는 소리에 깼다. 건우는 학원에 간다며 후다닥 뛰어나갔다. 나는 천천히 설거지를 한 뒤 내일 치는 과목들을 챙겨 집을 나섰다. 학교에 도착했을 때 유빈이한테 전화를 걸었다. 아까 학교에서 유빈이가 몸살 기운이 있다고 해서 내내 걱정하던 참이었다.

"좀 어때?"

"푹 잤더니 괜찮아. 그래도 오늘은 그냥 집에서 공부하려고. 체력이 바닥이야."

유빈이 목소리가 아까보다 많이 밝아졌다.

"비 그쳐서 고양이 밥 줘도 되겠다."

내가 말했다.

"응, 부탁해. 사료 어딨는지 알지? 사료 그릇에 빗물 남은 거 닦아 내고 담아 줘. 빗물 섞인 사료 먹으면 설사할 수도 있대. 물은 정수기 물 받아서 따로 챙겨 주고. 아니다, 정수기 고장 났지. 어쨌든 물은 다른 그릇에 생수 담아 줘. 부탁해."

"알았어. 물기 잘 닦고 밥 줄게. 물도 따로 챙길게."

"막상 전학 간다고 생각하니 겨울이 걱정이야. 겨울에는 담요랑 스티로폼 같은 걸로 지낼 공간 마련해 줘야 한다는데……."

"걱정하지 마. 그것도 내가 챙길게. 아니다. 가을쯤에 한번 와라. 월동 준비물 챙겨서 같이 뒷산 한 바퀴 돌자."

내 말에 유빈이가 "정말? 그거 좋겠다!" 하며 소리를 질렀다. 유빈이가 좋아하니 괜히 뿌듯했다.

자전거를 거치대에 세워 놓고 물기가 다 마른 운동장 가장자리로 빙 돌아서 뒷산으로 들어섰다. 흐린 날이라 숲 입구에는 벌써 가로등이 켜져 있었다.

야자 매트가 깔린 산책로를 따라 걸었다. 이따금 나뭇잎에서 빗방울이 떨어졌다. 나는 유빈이가 산 이곳저곳에 놓아 둔 그릇

들을 찾았다. 물기를 닦아 낸 뒤 사료를 담고, 다른 그릇에는 생수를 부었다.

야산 아래 학교 반대편 동네에도 밤이 켜졌다. 갑자기 한 번도 가 보지 않은 산책로로 가고 싶었다. 조금 돌아가기는 해도 그래 봤자 백 미터도 안 된다.

산 아래에서 올라온 불빛 때문에 숲이 완전히 어둡지는 않았다. 저벅저벅 내 발자국 소리만 들렸다. 평평한 곳이 나타나서 보니 누군가의 무덤이었다. 거기부터 산책로가 가팔라졌다. 나는 조심해서 한 발 한 발 그곳을 내려왔다.

그때였다. 저 앞 수풀 사이에서 툭 하는 소리가 났다. 고양이인가? 싶어서 실눈을 뜨고 바라보니 고양이보다 덩치가 컸다.

내가 걸음을 멈추었더니 녀석도 걸음을 멈추었다. 우리는 서로를 바라보았다. 갈색 털로 뒤덮인 오동통한 몸, 눈 주변에는 선글라스 모양의 까만 무늬가 있었다.

녀석은 나에게 별 위협을 못 느꼈는지 천천히 등을 돌렸다. 나는 느릿느릿 숲으로 들어가는 녀석의 뒷모습을 한참 쳐다보았다.

산을 다 내려온 뒤에야 생각났다. 혹시, 러울이? 아까 그 너구리, 러울이 맞지? 그 생각을 하자 온몸의 세포가 환호성을 지르는 것 같았다. 나는 당장 휴대폰을 꺼냈다. 아! 생각해 보니 건우학원 수업 들을 시간이다. 나는 키패드를 열었다.

- 김건우, 놀라지 마라. 나 방금 러울이 본 거 같아.

- 전설 속 너구리 이름이 러울이 맞지? 네가 말해 준 거잖아.

- 순식간이라 사진을 못 찍었네. 그래도 본 건 확실해.

- 근데 러울이 보면 전교 1등 한다는 전설 신빙성 있는 거냐? ㅋㅋㅋ

- 어쨌든 기분은 좋네. 야, 러울이 참 잘생겼더라ㅋ 러울이도 날 잠깐 쳐다봤어.

- 러울이가 어떻게 생겼냐 하면,

히죽히죽 자꾸 웃음이 새어 나왔다. 건우한테 할 말이 끝도 없이 생각났다. 나는 현관에 혼자 서서 계속 문자를 써서 보냈다. 수업 끝나고 휴대폰 열어 보면 건우는 깜짝 놀랄 것이다.

'준호 이 배신자! 혼자만 러울이를 보다니! 동영상을 찍었어야지, 같이 보게.'

이렇게 투덜대겠지. 그 상상을 하자 더 웃겼다. 나는 계속 낄낄거리며 문자를 쓰다가, 새 메시지 창을 열었다. 러울이 목격담을 들려주고 싶은 또 한 사람을 향해 손가락이 빠르게 움직였다.

모범생의 생존법

ⓒ 황영미 2021

1판 1쇄 2021년 11월 4일 | 1판 8쇄 2024년 6월 6일

지은이 황영미 | **책임편집** 곽수빈 | **편집** 엄희정 원선화 이복희 | **디자인** 이지인

마케팅 정민호 서지화 한민아 이민경 안남영 왕지경 정경주 김수인 김혜원 김하연 김예진

브랜딩 함유지 함근아 고보미 박민재 김희숙 박다솔 조다현 정승민 배진성

저작권 박지영 형소진 최은진 서연주 오서영

제작 강신은 김동욱 이순호 | **제작처** 한영문화사

펴낸곳 (주)문학동네 | **펴낸이** 김소영

출판등록 1993년 10월 22일 제2003-000045호

주소 10881 경기도 파주시 회동길 210 | **전자우편** kids@munhak.com

홈페이지 www.munhak.com | **카페** cafe.naver.com/mhdn

북클럽 bookclubmunhak.com | **트위터** @kidsmunhak | **인스타그램** @kidsmunhak

대표전화 (031)955-8888 | **팩스** (031)955-8855

문의전화 (031)955-3576(마케팅) (02)3144-3242(편집)

ISBN 978-89-546-8328-9 03810